한 줄도 좋다, 가족 영화

한 줄도 좋다, 가족 영화

강수정

작가의 말

솔직히 고백하자면 가족에 대해서 잘 모른다. 엄마가 들으면 속상해할 소리지만, 나는 혼자 자랐다. 아버지는 너무 일찍 돌아가셨고, 엄마는 아버지의 빈자리를 메우기 위해 동동거리고 뛰어다니느라 온전히 엄마일 수 없었다. 언니와 오빠가 있었어도 나이 터울이 지는 데다 그때는 그들도 어렸던 터라 살가운 구석이라곤 없이 찡얼대기만 하는 동생을 살뜰히 챙겨주지 않았다. 학교에 다니기 시작한 후로는 대문 열쇠를 늘 목걸이처럼 걸고 다녔다. 필통은 잊어버리고 가도 열쇠는 챙겨야 했다. 집에 돌아오면 없는 걸 빤히 알면서도 이 방 저 방 다니며 엄마를 찾다가 조금 울고는 소반에 차려진 밥을 먹곤 했다. 아이는 쓸쓸하고 붙임성 없이 자랐다. 보통의 집에서 자연스럽게 이루어지는 사회화 교육이 현저히 부족했다는 건 한참 나중에야 깨달았다. 나는 관계에 대해, 가족에 대해, 무지한 상태로 어른이 되었다.

어쩌면 그랬기 때문에 작품 속에서 그려지는 다양한 가족들의 관계에 더 집중했는지도 모른다. 다른 가족들은 어떻게 사는지 궁금했다. 그리고 어쩌다 보니 가족 영화에 대한 글까지 쓰게 되었다.

'가족 영화'라는 말이 조금 모호한 건 사실이다. 가족을 다룬 영화라는 의미보다는 온 가족이 다 함께 보기에 무리가 없을 만큼 적당히 재미있고 적당히 유익한 영화를 일컫는 용어로 통용되고 있기 때문이다. 하지만 여기서 다룬 영화들도 모두 재미있고, 또 유익하다. 스무 편의 작품을 통해 세상의 거의 모든 가족을 만나볼 수 있다. 그리고 만약에 이 책이 가장 가까우면서도 무심하기 쉬운 가족에 대해 생각하는 계기가 된다면 그것도 나쁘지 않을 것 같다.

강수정

차례

3장 새로운 가족의 탄생

4장 누구도 피할 수 없는 이별

5장 가족의 와해 혹은 화해

1장 그래도 우리는 행복한 가족

세상은 모르는 것투성이잖아,
그건 알지?

〈녹차의 맛〉

담담하고 심심한 가족의 맛

그날은 아마 웬일로 녹차를 마시고 있었을 것이다. 한참 전에 누군가에게서 받아놓고는 까맣게 잊어버렸던 우롱차가 그날따라 눈에 들어와서 버릇처럼 마시던 커피 대신 녹차를 한번 마셔보자고 생각했을 것이다. 그리고 찻잎이 품고 있던 색과 향을 조금씩 풀어놓을 때 애매하고 오묘한 그 맛을 깊이 따져보려다가 의도치 않게 내 마음의 결이나 들여다보게 되었고, 뜬금없게도 평범한 가정에서 사랑받고 자란 사람이 세상에서 가장 부럽다는 생각이 들었다. 고단한 일상에 짓눌려 아무 표정도 없이 지내던 그 시간 속으로 스며든 녹차는 내게 그런 생각을 하게 만들었다.

뭐, 다음 생에 재벌 3세쯤으로 태어나게 해준다면 극구 사양하지는 않겠으나, 봄 햇살처럼 따뜻한 사랑을 받으며 구김살 없이 자라는 게 어린 시절의 가장 큰 행복이라는 생각이 들었다. 화목한 가정에서 사랑받고 자란 사람은 뼛속에 자존감이 채워져서 자기 자신을 믿고 사랑하며 주눅 들지 않는다. 나는 대체 그 시절에 얼마나 자존감이 떨어진 채로 세상에 주눅 들어 지냈던 건지 지금은 잘 기억이 나지 않지만, 그건 삶의 든든한 중추가 되어주는 축복이다. 들꽃 사이에서 뛰노는 한여름의 풀벌레처럼 그저 한 철 명랑하고 해맑게 살아서야 비범한 천재 따윈 될 수 없을지 몰라도 어차피 그건 일찌감치 거리가 먼 것으로 판명되었으니까. 그럴 바에야.

그렇다면 평범하다는 건 대체 뭔고 하니 그건 "뛰어나거나 색다른 점이 없이 예사로운" 것이어서 이를테면 모든 것들이 제자리로 돌아가는 어떤 기준점이다. 물론 세상 모든 것들이 제자리로 돌아가는 그 풍경이 아름답기 위해서는 제자리와 기준점에 대한 공감이 있어야 하는데, 그건 최소한 시대에 따라 달라질 수 있기 때문에 뭐라고 함부로 말할 수는 없으나 평범한 가정이야말로 모두 엇비슷한 반면에 평범하지 않은 가정은 제각각의 이유로 평범하지 않다.

그러니까 평범함이란 일종의 거창한 무위, 삶을 고달프게 만드는 복잡하고 어지러운 많은 것들이 지워지고 마음의 주름이 펴진 일종의 거대한 부재인데, 어쩌면 바로 그런 게 녹차의 맛이어서 나는 뜬금없이 이런 생각들을 하게 되었는지도 모른다. 복잡하고 어지러운 맛에 길들여진 사람에게는 뭔가 빠진 것처럼 밍밍하게 느껴지는 그 맛이야말로 유유히 흘러가는 세월 속에서 사금파리 같은 행복을 읽어내는 단순하고 우직한 촉수라는 생각이 들었다.

하! 사금파리 그러모아 언제 아파트를 살 것이며 어느 하세월에 건물주가 되겠냐마는. 겨울을 견딘 봄이 꽃을 피우고 여름에 다져 넣은 햇볕이 가을의 열매가 될 때 단순한 사람만이 흘러가는 행복을 느낄 수 있다. 갈수록 복잡해지는 세상은 모든 여백을 빈틈없이 채우고, 정보로 포장된 공해와 소음이 일상에 범람한다. 오죽했으면 끊임없이 밀려드는 자극의 스트레스에서 잠시나마 뇌를 쉬기 위해 아무 생각 없이 뇌를 비우며 재정비하는 '멍 때리기'를 권장하고, 그런 대회까지 열리는 지경에 이르렀을까.

그런데 이 가족은 찻잔을 손으로 감싸 쥐고 툇마루에 나와 앉아 멍하니 새소리를 듣는다. 그들 사이에는 별말이 오가지 않는다. 이름을 불러놓고도 아무 말 없이 일어나서 가버린다. 그저 함께 모여 차를 마시는 것으로 충분한 이들은 서로를 구속하지 않고 각자의 생활을 꾸려나가며 심심하고 느슨하게 어우러진다. 엄마는 잠시 잊고 살았던 꿈을 다시 꾸고, 아버지는 퇴근하고 돌아와서 아들과 바둑을 둔다. 할아버지는 잔뜩 구겨진 할머니의 사진을 품에 넣고 다니면서 손자들에게 실없는 장난을 건다. 삼촌은 실연의 상처가 아물기를 기다리며 세월을 흘려보낸다. 짝사랑하던 여자아이가 떠났을 때 기차가 머리를 뚫고 날아가는 기분이었던 아들은 언제 그랬냐는 듯이 새로 전학 온 여자아이에게 빠져들고, 자의식이 생겨나느라 자꾸만 자신을 의식하게 되는 딸은 시도 때도 없이 떠오르는 거대한 자신의 얼굴을 머릿속에서 지우기 위해 손에 굳은살이 박이도록 철봉 돌기를 시도한다. 그러는 사이에 또 계절이 지나고, 세대가 바뀌고, 우주에 피어난 해바라기 꽃이 별 가루로 부서진다. 이것은 단연코 평범한 가족의 일상이다.

그러나 한때는 평범했던 어떤 것들이 세월이 흐르면 향수가 되고, 시대가 바뀌면 판타지가 된다. 그래도 녹차의 담담하고 심심한 맛에는 변함이 없고 인생사 희노애락애오욕이 무지개의 스펙트럼으로 고르게 펼쳐지는 것은 아니기 때문에, 어느 날 저녁에 자꾸만 어깨가 처진다면 끽다거. 스스로 인정하기 싫은 이유로 마음이 소란하다면 끽다거. 자신과 거리를 두고 무심을 연습하고 싶다면 끽다거.

아, 끽다거.

• 시인과 촌장, 〈풍경〉: "세상 풍경 중에서 제일 아름다운 풍경, 모든 것들이 제자리로 돌아가는 풍경."

〈녹차의 맛〉

茶の味, 2004

'단연코 평범한 가정의 일상'을 엉뚱하고 기발한 상상력에 버무려낸 작품이다. 조용한 시골 마을의 풍경은 고즈넉하니 아름다운데, 가족들은 묘하게 별나고 초야에 묻혀 사는 기인 같은 인물들까지 줄줄이 등장해서 "이게 대체 뭐지?" 하는 심정으로 지켜보다가 점점 빠져들게 된다. 시도 때도 없이 달처럼 떠올라서 자신을 응시하는 딸의 거대한 얼굴은 물론이거니와 엄마가 완성한 애니메이션과 이른바 '야마 송'은 어이가 없으면서도 계속 보게 되는 힘을 지녔다. "산이여, 산이여, 산이여, 산이여, 산은 살아있어요!" 영화를 보고 나면 이런 뜻을 지닌 노래의 멜로디를 한동안 중얼거리게 될지도 모른다. 저마다 독특한 개성을 지녔으면서도 가시처럼 날을 세우지 않고 서로의 삶에 슴슴하게 스며드는 가족들의 모습이 따뜻한 여운을 남긴다.

감독 이시이 카츠히토

주연 사토 타카히로, 반노 마야, 아사노 타다노부, 테즈카 사토미, 가슈인 타츠야, 미우라 토모카즈

*

야, 무슨 일 생기면
그렇게 형제끼리 팔을 걸어붙이고
서로 돕는 거야.

〈고령화 가족〉

그만들 하고 밥 먹자

하루하루 먹고살아야 하는 밥벌이의 지겨움이 유난히 크게 다가오는 날이 있다. 쳇바퀴 속을 온몸으로 뒹굴며 눈이 짓무르도록 밥을 벌어도 어찌된 일인지 여전히 그 밥에 그 나물인 일상이 지겨울 때가 있다. 세상은 나쁘게 말하면 야합하고 좋게 말하면 타협하며, 먹는 건 하루에 세 끼면 족한데 사는 건 그렇지 않은지. 밥이 어떤 이에게는 목숨이고 또 어떤 이에게는 취미인지. 그래서 산다는 것이 문득 서글프고, "몸에 한세상 떠 넣어 주는" 그 거룩한 일* 이 구차하거나 눈물겨울 때가 있다.

어떤 이에게 밥이 슬픈 건 목숨이 슬프기 때문이고, 슬픔이 역류하는 그 목구멍으로 꾸역꾸역 밥을 집어넣을 수밖에 없는 육체가 슬프기 때문이다. 상처 없는 영혼이 어디 있으랴마는 영혼의 생채기는 밥을 더 보챈다. 낮은 포복으로 세상이라는 개펄을 건너면서도 진흙에 뒹군 찬밥 덩이를 먹는다.

그러나 살아서 넘길 수만 있다면 쩌릿한 아픔 몇 줄기쯤은 가슴에 간직하는 것도 나쁘지 않다. 우리가 어떤 것에 갑자기 목메는 것은, 어떤 것이 문득 눈물겨운 것은, 언젠가 울며 견뎠던 상처가 아물어 흐린 날에 저린, 그 몇 줄기의 아픔으로 공명하는 것. 그러니 이 험한 세상의 파도에 휩쓸려가지 않을 수만 있다면, 그 속에 함몰되어버리지 않을 수만 있다면, 상처를 입고서라도 견뎌낸 모든 것은 정겨운 훈장일 것이다.

그래서 오늘도 우리는 밥을 먹으며 힘을 낸다. 그리고 서로에게 물어본다. 밥은 먹었니? 어쩌면 영원히 그날이 오지 않을 줄 알면서도 밥에 대한 응원으로 빈

말을 건넨다. 언제 밥 한번 같이 먹자. 그러니 그때까지 잘 살고 있으라고. 밥 잘 챙겨 먹으면서 버티고 있으라고. 다 먹고 살자고 하는 일이니까.

저쪽 세상의 자세한 내막은 아직 모르지만 다들 하는 말로는 개똥밭에 구르더라도 이승이 좋다고 하니, 어쩌다가 이 풍진 세상을 만나 개똥밭에 구르는 신세가 되었더라도 삼시 세끼 때 되면 어쨌거나 밥에 물이라도 말아서 한 그릇 뚝딱 해치운 다음에 "거, 똥냄새 한번 그윽하구나!" 할 정도의 공력을 키워야 한다. 그 정도의 비위는 갖춰야 한다. 밥벌이를 하려면 때론 아니꼽고 싫은 꼴들도 봐 넘겨야 한다. 초라하면 초라한 대로 찌질하면 찌질한 대로, 잘난 사람은 잘난 대로 못난 사람은 못난 대로, 그렇게 사는 거지, 어쩌겠어. 세상이 요지경인 것을. "인생 살면 칠팔십 화살같이 속히 간다. 정신 차려라. 요지경에 빠진다."[●●]

그런데 이 가족이야말로 우당탕통탕 시끌벅적한 것이 들여다볼수록 아주 요지경 속이다. 달랑 한 편 찍은 영화를 제대로 말아먹고 어느덧 팔아치울 가재도구도 바닥난 데다 까먹을 보증금도 없는 신세가 되어버린 남자는 그날도 재떨이에 수북한 꽁초를 뒤적이다가 불현듯 잉여 인간은 되지 말자는 평소의 소신을 실행에 옮기기로 결심한다. 그런데 하필이면 그때, 그러니까 다행히도 그때 엄마가 밥은 먹고 다니냐며 전화를 한다. 닭죽을 끓여놨으니 먹으러 오란다. 그 말에 목을 매려던 남자는 목이 멘다. 침이 꼴깍 넘어간다. 무려 닭죽이라니.

하지만 냄비 바닥에 눌어붙은 닭죽처럼 엄마의 집에 눌어붙어 사는 데에는 사소한 걸림돌이 있었으니, 그 집에는 오십이 내일모레인데도 아직 사람 구실 못하는 아들이 한 명 더 있었다. 아무튼 중년의 백수와 건달 형제가 닭 다리를 집어던지고 급소를 들이받으며 난투극을 벌인 끝에 티격태격 동거가 시작됐지만, 어느 날 이혼 지경에 처한 여동생까지 고슴도치처럼 날 선 십 대의 딸을 데리고 잠시 그 집에서 살겠다며 밀고 들어온다.

연립주택 공터에 호박고지를 널어 말리는 이웃들이 보기엔 콩가루도 이런 콩가루가 없는데 그것도 오순도순이라고 엄마는 늙은 자식들을 다시 한번 살뜰하게 거두어 먹인다. "그만들 하고 밥 먹자." 모든 분란은 엄마의 이 말로 수습된다. 때마다 삼겹살을 구워 올리고, 된장찌개에는 동시에 숟가락 다섯 개가 꽂힌다. 서로 옥신각신하다가도 남들과 시비가 붙으면 금세 한편이 되어 싸우는 자식들이 엄마는 흐뭇하다.

그러는 와중에 콩가루 유전자의 내력이 드러나지만 "식구가 별거니? 한데 모여 살면서 같이 밥 먹고 같이 자고 같이 울고 웃으면 그게 가족이지."

컷! 오케이, 여기까지. 오늘의 밥벌이는 이 정도면 된 것 같으니 이제 그만하고 밥을 먹어야겠다.

● 황지우, 〈거룩한 식사〉: "몸에 한세상 떠 넣어 주는 먹는 일의 거룩함이여"
●● 신신애, 〈세상은 요지경〉

〈고령화 가족〉

2013

입심 좋은 이야기꾼으로 정평이 난 소설가 천명관의 원작을 영화로 만들었다. 엄마부터 시작해서 아들과 딸은 물론이고 심지어 손녀까지 단 한 명도 빠짐없이 순도 100퍼센트의 막장을 자랑하지만, 징글징글하게 툭탁거리다가도 같은 밥상에 둘러앉아 같은 밥에 같은 반찬 나눠 먹는 식구가 결국 진짜 가족이라는 사실을 제대로 보여준다. 고기 먹으러 갈 때 같이 가지 않으면, 최소한 생각이라도 나지 않으면 가족이 아니라는 나의 평소 지론과도 딱 맞아떨어지는 부분이다. 절대로 그럴 리가 없는 조폭들이 두 형제를 비교적 순순히 놔주는 장면에서 '영화적 리얼리티'가 다소 떨어지는 감이 없지 않으나, "그게 별거니? 흥미로운 설정에 유쾌한 캐릭터들이 나와서 울리고 웃기면 그게 좋은 영화지." 그러하다.

감독 송해성

주연 박해일, 윤제문, 공효진, 윤여정, 진지희

✷

넌 아무것도 안 해도 돼.
넌 열여덟 살만 되면 돼.

〈길버트 그레이프〉

긴 끈에 묶여 헤맬 자유

어디로든 떠나고 싶던 때가 있었다. 파랑새가 집에 있다는 얘기를 믿지 못하던 시절이었다. 하지만 꼭 파랑새가 아니더라도 멀리 떠나서 드넓은 세상을 보고 싶었다. "강물아 흘러 흘러 어디로 가니, 넓은 세상 보고 싶어 바다로 간다." 강물 따라 흘러가서 바다를 보고 싶었다. 사람 사는 곳 어디나 다 거기서 거기라는 말도, 사는 거 별거 없다는 말도 귀에 들어오지 않았다. 믿고 싶지 않았다.

훨훨 날아가고 싶던 때가 있었다. 뒤돌아보지 않고

떠나고 싶었다. 그럴 수 있을 것 같았다. 그건 늘 눈을 꼭 감은 채 입술을 앙다물고 코로 거친 숨을 고르는 과정이 필요했지만, 눈을 딱 감으면 떠날 수 있을 것 같았다. 하지만 무엇이 나를 번번이 주저앉혔을까. 내 두려움의 실체는 무엇이었을까?

나는 때때로 몸부림치고 버둥거렸다. 두려우면서도 두렵다는 걸 인정하기 싫어서 그랬을지도 모른다. 나는 오래 헤매었으나 끝내 어디로도 떠나지 못했다. 집으로 다시 터벅터벅 돌아갈 때면 머릿속에서는 이런 말이 울리곤 했다. 긴 끈에 묶여 헤맬 자유, 어둠 속에서. 끈은 얼마든지 길어도 좋았다. 마음껏 질주하며 잠시 자유롭다고 착각할 만큼 길어도 좋았다. 하지만 그 끈을 끊어내지는 못했다. 그 끈을 끊어낼 수는 없었다. 나는 언제나 어둠 속에서 실타래를 감듯 길을 되감으며 집으로 갔다. 하늘과 잎사귀를 따라 계속 걸어가고픈 마음을 돌이켜서 돌아온 집에는 새장 속에 갇힌 파랑새가 있었다. 나는 늙고 아픈 파랑새를 돌봐야 했다. 파랑새를 혼자 두고 나는 떠날 수 없었다.

햇살 눈부신 날에도 근시의 눈에는 시름만 얼룩덜룩했다. 푸르른 날에도 깊이 떨군 고개엔 그림자만 이리저리 흔들리고, 가버렸거나 오지 않은 것들을 저울질하는 머릿속은 근심으로 얽혔다. 흐린 풍경은 아무도 모르는 슬픔으로 전율하는데 나는 미련하게 씩씩한 표정을 지어 보였다.

그러다 시간의 돌부리에 걸려 비틀할 때면, 골목 어귀에서 스산한 바람과 마주칠 때면, 소음을 뚫고 날아온 아주 희미한 노랫가락이 귀에 꽂히고 어느 날의 추억을 실어 오는 냄새, 그때와 똑같은 빛의 각도와 세기. 그러면 애써 잊으려 했던 어떤 것들이 한꺼번에 울컥 넘어오고, 기억의 현기증에 마음이 빙빙 돌았다. 어지러운 마음은 텅 빈 몸뚱이만 여기에 둔 채 무심결에 어디론가 날아갔다가 한숨 쉬며 돌아오곤 했다.

"나이 스물넷에 아이오와주 밖으로 나가본 건 무려

단 한 번뿐이며, 지금까지 살면서 해온 일이라곤 모자라는 동생 뒤치다꺼리에 엄마 담배 사다 드리기, 그리고 엔도라의 훌륭한 어르신들을 위해 물건을 봉투에 담아드린 일뿐"인 길버트는 올해도 낮의 길이가 가장 길다는 하지에 아침부터 동생 어니를 데리고 마을 어귀에 나와 있다. 오늘은 13번 고속도로를 따라 여름마다 열리는 카니발 차량과 트레일러가 들어오는 날이다. 음악 없이 춤을 추는 것 같은 시골 마을을 1년에 한 번 북적이게 하는 카니발. 그걸 누구보다 먼저 맞이하려는 동생을 데리고 마을 어귀에 나온 길버트는 바깥세상을 향해 쭉 뻗은 길을 바라보며 서 있다. 그러나 길버트는 떠날 수 없다. "우린 아무데도 안 가, 그지 길버트?" 열 살까지만 살아도 운이 좋은 거라고 했던 어니가 열여덟 번째 생일을 앞두고 있었다.

어니가 아프다는 사실을 알게 됐을 때 앞으로 자신을 점점 짓누를 게 뻔한 현실의 무게가 지레 두려웠던 아버지는 가장 빠른 탈출 버튼을 눌렀고, 어머니는 가슴에 뚫린 천길만길의 구멍을 메우기 위해 폭식을 시작해서 인간 고래가 되었다. 하지만 어머니는 다른 건 몰라도 어니는 포기하지 않았다. 그리고 길버트도 가족을 포기하지 않았다. 다들 알아서 제 앞가림을 하며 잘 살아줬더라면 홀가분하게 떠났을 것을, 아파서 그럴 수 없었다. 못나서 그럴 수가 없었다. 아프고 못나면 더 품게 되는 게 가족이라서. 때로 지긋지긋하다고 진절머리를 내면서도 품에 안으면 따뜻하고 눈물겨운 게 가족이라서. 어니가 열여덟 살이 된다는 건 엄청난 사건이고 작은 기적이었다. 우리를 계속 살게 하는 건 가족이 아니고선 모를 만큼 작고 소소한 그런 기적들이다. 이제 길버트는 엔도라를 떠났을까? 어느 날 트럭을 몰고 떠나서 돌아오지 않았을까? 내가 응원하는 결말은 무엇일까?

그건 아무래도 좋지만 갓씨가 둥그렇게 일어난 민들레를 보면 늘 불고 싶다. 바람 타고 훨훨 날아가라고 후, 불고 싶다. 가까운 곳에 힘없이 내려앉지 말고 멀리멀리 날아가 보라고 후우우, 불고 싶다.

〈길버트 그레이프〉

What's Eating Gilbert Grape, 1993

〈길버트 그레이프〉는 이래저래 나와는 인연이 깊기 때문에 이번에 글을 쓰면서도 애정이 남달랐다. 원작자인 피터 헤지스는 소설에 이어 시나리오를 쓰다가 영화감독으로도 데뷔해서 〈댄 인 러브〉, 〈벤 이즈 백〉 같은 영화를 연출했다. 영화에서는 제외됐지만 원작에는 집을 떠났던 형과 둘째 누나가 어니의 생일에 맞춰 돌아오는데 소설은 소설대로 재미가 있고, 영화는 영화대로 설득력 있게 전개된다. 무엇보다 조니 뎁과 레오나르도 디카프리오의 아름답도록 순수했던 시절을 볼 수 있다는 것만으로도 이 영화의 가치는 충분하다. 당시 열아홉 살이었던 디카프리오의 연기는 특히 환상적이다. 어쩌면 디카프리오는 이때 아카데미에서 남우조연상을 받았어야 했다. 그 후로 그렇게 험난한 세월이 기다리고 있을 줄 알았더라면.

감독 라세 할스트룀

주연 조니 뎁, 줄리엣 루이스, 레오나르도 디카프리오

*

아빠 말고 다른 아빠는 필요 없어.

〈아이 엠 샘〉

지금 사랑하며 살고 있나요?

언제쯤이었을까. 전기도 들어오지 않는 산골 오지의 한 가족이 방송에 소개되면서 화제가 됐다. 어려서부터 자연을 동경했었다는 아이들의 어머니는 대학을 졸업하고 도시에서 약국을 오래 운영했지만 정신없고 각박한 생활에 갈수록 지쳐갔고 아이들도 학교에 잘 적응하지 못하는 것처럼 보이자 남편과 의논 끝에 도시를 떠나기로 결정했다. 이들은 마을과도 한참 멀리 떨어져 우체부조차 다니지 않는 외딴곳에 살았다. 다른 사람에게 피해를 주지 않고 특별히 반사회적인 의도가 있는 게 아니라면 누가 어디서 어떻게 살든 남들이 왈가왈부할 일이 아니지만, 문제는 아이들이었다.

전기가 들어오지 않는 집에 가전제품이 있을 리 없었고 세간도 단출했다. 이들은 함께 농사를 짓고 나무도 하고 책을 읽으며 서로를 돌봤다. 자연의 이치 속에서 물 흐르듯 순리대로 사는 것처럼 보였다. 그들이 떠난 도시에서 쫓기듯 살아가며 일상의 의미에 목말라하던 많은 이들에게 이 가족의 모습은 일종의 판타지로 비쳤다. 편리함을 주는 대신 그만큼 많은 것을 알게 모르게 앗아가는 문명의 이기를 뒤로 한 채, 조금 불편하더라도 자연과 더불어 평화롭게 살아가는 그들의 삶은 도시인의 로망을 자극했다. 차마 다 버리고 떠날 용기가 없는 사람들은 그들의 씩씩한 선택을 응원했다. 자족적인 그들의 생활은 고즈넉해 보였다. 그리고 도시 생활에 염증을 느낀 부부는 모두 다섯인 아이들을 학교에 보내지 않았다. 문제는 아이들이었다.

그래서 어떤 사람들은 부모를 비난했다. 자기들은 배울 거 다 배우고 도시에서 살 만큼 살아놓고는 아이들은 학교에도 보내지 않은 채 산골에 가둬 키운다며 분노했다. 아이들의 입장은 알 수 없었다. 입장이 있다고 하더라도 부모의 영향을 받았을 테니 그걸 논의에 그대로 반영하는 데는 한계가 있었다. 어떤 결핍들은 다분히 상대적이고, 언제 어떤 욕망의 폭풍이 불어닥칠지 아무도 모르는 일이었다. 다만, 그렇다면 '아이들을 학교에 보내는 것도 모자라 온종일 학원을 전전하게 하며, 아스팔트 바닥과 시멘트 상자 속에 가둬 키우는 것'은 괜찮다는 건지, 머리가 복잡해졌다. 사람들은 따따부따 말은 많아도 남의 가정사에 직접적으로 개입하는 걸 부담스러워하고, 대체로 제 자식들은 자기들이 알아서 잘들 키운다. 남들이 왈가왈부할 일이 아니다. 하지만 노골적인 방치와 학대는 아니더라도, 예를 들어 백신의 부작용을 우려해서 아이에게 예방접종을 하지 않는다거나, 종교적인 신념을 이유로 아이의 수술을 거부하는 부모도 그냥 내버려둬야 할까? 아직 자기 결정권이 없는 아이의 안전과 복지가 걱정되는 상황이라면 어떻게 해야 할까? 사회는 언제 어디까지 개입해야 할까?

공권력은 통계에 기반한 비관적인 세계관으로 작동한다. 약자를 대하는 이들의 확증편향은 견고하다. 모든 상황이 이들에게는 이미 존재해 왔고, 깔끔하게 코드로 분류되어 있다. 그에 따라 개입 여부가 결정되며 언제나 최소한의 사회적 비용과 자원으로 최대의 효율성을 추구한다. 어차피 모든 건 확률 게임이다. 성공률이 51퍼센트면 "성공적"이다. 최선을 다했다는 자기 증명이 중요하다. 만에 하나 그 과정에서 부작용이 발생하더라도 그건 또 다른 부서의 소관이다. 그리고 대부분은 선의를 가지고 개입한다. 그 선의가 다소 맹목적일지라도.

그래서 샘도 "루시 인 더 스카이 위드 다이아몬드"

를 빼앗길 위기에 처한다. 아버지의 지능이 일곱 살 수준인데 딸은 이제 곧 여덟 살이 된다. 그는 변변한 직장도 없고, 자폐 성향 때문에 낯선 환경에서는 더 긴장하고 움츠러든다. 덧셈은 하는데 곱셈은 못 한다. 그런 사람이 혼자서 아이를 "정상적"으로 키울 수 있을 거라고 사회복지사는 믿지 않는다. 비슷한 경우를 이미 수없이 봤다. 코드 분류와 사회복지사의 경험치가 샘과 루시의 삶에 개입한다. 공권력은 아이를 "정상적"인 위탁가정에 맡기고 아버지의 면회를 제한한다. (그런데 여덟 살이 되는 루시를 걱정하면서 지능이 일곱 살에 멈춰버린 샘은 방치한다!)

정답이 따로 없는 이런 상황의 유일한 판단 기준은 아마도 사랑이다. 사랑하는 사람들끼리 살게 하면 된다. 도움을 주되 간섭하지 말고, 남자건 여자건 부모건 자식이건 사랑하는 사람들끼리 가족을 이루고 살게 하면 된다. 샘의 지능이 낮아서가 아니라 모든 부모가 크고 작은 실수를 저지르고 때때로 자신의 한계에 절망한다. 그래서 아이를 키우려면 마을이 필요하지만, 통계의 "정상" 범위를 벗어났다고 해서 사랑하는 사람들을 서로 사랑하지 못하게 떼어놓을 권리는 누구에게도 없다. 사랑하는 사람과 살아야 한다. 사랑하며 살아야 한다.

〈아이 엠 샘〉

I Am Sam, 2001

지능이 6~7세에 멈춘 아버지와 영민하고 조숙한 딸의 지극한 사랑을 담아냈다는 공통점 때문에 우리 영화 〈7번 방의 선물〉과 자주 비교되는 작품이다. 숀 펜과 다코타 패닝의 연기는 훌륭하다는 말로는 부족하고, 곳곳에 흐르는 비틀스의 음악은 극에 재미를 더하는 한편으로 안타까운 상황에서도 마음을 묘하게 달래준다. 모든 걸 다 가져서 남부러울 게 없는 사람이 느끼는 결핍과 불안을 너무나 잘 표현한 미셸 파이퍼의 존재감도 무시할 수 없고 소소한 일상을 함께 나누며 루시를 삼촌과 고모처럼 아끼는 샘의 친구들도 감동적이다. 그리고 순진한 생각인 줄 알면서도 영화를 보고 나면 그 커피숍과 피자가게까지 정겹게 느껴진다. 역시 피피엘의 힘!

감독 제시 넬슨

주연 숀 펜, 다코타 패닝, 미셸 파이퍼

✷

옛사랑은 세금신고서 같은 거야.
서류철에 3년 보관하다가 버리는 거지.

〈패밀리 맨〉

내가 그때 널 잡았더라면

밝지도 뚜렷하지도 않은 미래를 앞에 놓고 서로의 꿈을 형광펜으로 칠해주며 용기를 얻고 위로를 주던 사람. 그리고 그 꿈들이 언제나 서로 멀지 않은 곳에, 언제까지라도 가까운 거리에 있을 거라고 믿었던 사람. 그 사람이 공항에서 이제 정말 떠난다고 전화했을 때 나는, 울지는 않았지만 가슴 속에서 뭔가 무너져 내렸다. 그리고 어디선가 문이 닫히는 소리가 들렸다. 그건 한 시절이 끝났다는 신호였다.

인생은 좀처럼 계획대로 되지 않았고 삶은 일상의

등에 업혀 흘러갔다. 어쩌다 한 번씩 "안개처럼, 취기처럼" 올라오는 세월은* 기억조차 거추장스럽게 만들었다. 철없는 사랑의 고백들과 지나간 우정의 맹세들이 누렇게 먼지에 덮여, 손이 닿으면 후드득 바스러졌다. 의미가 퇴색된 것들과 의미를 잊어버린 것들은 미련 없이 쓰레기로 분류되었다. 아무렇지 않았다. 홀가분했다. 남들보다 특별히 더 쓸쓸하거나 외로울 건 없었다.

그런데 유독 연말연시가 다가오고 크리스마스 시즌이 되면 왜 그렇게 다들 사랑하는 가족과 함께 시간을 보내라고 닦달을 하는 건지. 게으르거나 고루한 매체들은 아들딸 다복하고 삼대가 화목한 가정에 대한 미련을 버리지 못하고 때마다 전통적인 가족의 의미와 가치에 확대경을 들이댔다. 그러면 어쩐지 정다운 가족이 따뜻한 식사를 하는 식당 밖에서 성냥을 파는 소녀가 된 것만 같고, 곱은 손을 호호 불며 그은 성냥 불빛에 가지 않은 길의 풍경이 꿈처럼 떠올랐다. 그 모습을 떨쳐내려 내가 걸어온 길이나 되돌아보면 비틀거린 발걸음이 보였다. 휘청거리는 모습을 누구에게도 들키지 않으려 이 악물고 똑바로 걸어왔다고 생각했건만, 그리 대단하지도 않은 선택들과 사소한 결정들이 쐐기로 곳곳에 박혀 길이 휘고 방향이 틀어졌다. 만약에 그때 다른 선택을 했더라면 나는 지금 어디서 어떻게 살고 있을까. "내가 그때 널 잡았더라면" 우리는 지금보다 행복했을까?●●

잭과 케이트는 공항에서 헤어졌다. 기약 없는 이별은 아니었지만, 인생은 계획대로 되지 않았다. 뭔가를 선택한다는 건 다른 것을 포기한다는 뜻이고, 그들은 기꺼이 꿈이 가리키는 방향으로 걸어갔다. 세월은 흘러서 13년이 훌쩍 지났다.

크리스마스이브가 깊어가지만 잭은 역사상 최대 규모의 기업 합병을 앞두고 기대에 부풀었다. 가족들이 기다리는 집으로 직원들은 서둘러 돌아가고, 혼자 남은 잭은 별로 쓸쓸한 기색도 없이 산책이나 할 겸 눈이 내리는 한적한 도심을 거닌다. 그에겐 부족한 게 없다. 오히려 홀가분하다. 그런데 변장한 천사는 그걸 허세라고 생각한 걸까? 펜트하우스에 살면서 페라리를 몰고 최고급 슈트를 입었기로서니, 고작 물질적인 풍요만을 지닌 주제에 아쉬운 게 없다고 큰소리치는 그에게 가족의 소중함을 일깨워줘야겠다고 생각한 걸까? 예전부터 크리스마스이브에는 유령들이 부자를 데리고 다니면서 삶의 진정한 교훈을 깨우쳐주곤 했으니까. 그래서 잭은 호접몽 같은 꿈을 꾼다. 페라리 대신 덜덜거리는 미니밴을 몰면서 외식조차 마음 놓고 할 수 없는 형편이지만, 사랑하는 가족들이 안겨주는 그 따뜻하고 소박한 행복의 맛을 알아버린다. 하지만 이를 어째, 다시 레드썬! 깨어보니 크리스마스 아침이고, 그는 중요한 미팅도 뒤로 미룬 채 케이트를 수소문한다. 13년 동안 둘은 그리 멀지 않은 곳에서 살고 있었다. 그리고 오래전 그날처럼 다시 공항의 이별. 그들은 어떤 선택을 할까? 이번에는 결혼을 해서 가족을 이루게 될까?

엘리자베스 테일러는 일곱 번인가 여덟 번 결혼을 했고, 그중에는 이혼했다가 재결합한 경우도 있었다. 어떤 가수는 라스베이거스에서 충동적으로 결혼식을 올렸다가 며칠 뒤에 취소하는 해프닝으로 화제를 낳더니 얼마 후 다른 남자와 결혼해서 어린 나이에 애를 둘씩이나 낳고 또 이혼했다. 예순네 살이 되더라도 여전히 나를 사랑하고 아껴주겠냐는 노래로 우리의 심금을 울렸던 폴 매카트니는 첫 번째 부인을 잃고 두 번째 부인과는 거액의 위자료를 지불하고 결별한 후 예순네 번째 생일을 쓸쓸하게 보냈다고 한다. 사람들이 헤어지고 만나길 반복하는 건 진정한 짝을 만난다는 게 그만큼 힘들다는 얘기인지도 모른다. 사람들의 참을성이 옅어졌거나 참고 살아야 하는 이유가 희박해진 걸 수도 있다. 이제 다들 용기 있게 적극적으로 행복을 추구하며 살기 때문인지도 모른다. 변하는 마음까지 다스리진 못해도 행복만큼은 절대 포기하지 못하는 건지도 모른다. 나는 모른다. 내가 뭘 알겠어.

그래서 만약 변장한 천사가 어느 시린 겨울밤에 나타나 따단따 따단따 따단따딴따다단,[•••] 이런 효과음을 틀어놓고 조금 쓸쓸한 페라리와 아주 화목한 미니밴의 인생극장을 연출한다면 사람들은 어느 쪽을 선택할까.

• 이성복, 〈세월에 대하여〉: "부끄러움도 쉽게 풍화했다 잊어버릴 것도 없는데/ 세월은 안개처럼, 취기처럼 올라온다"

•• 싸이, 〈어땠을까〉: "내가 그때 널 잡았더라면 너와 나 지금보다 행복했을까"

••• 예전에 두 개의 선택지를 앞에 놓고 각각의 선택에 따른 결과를 극화해서 보여주는 〈인생극장〉이라는 콩트가 있었는데 거기서 이런 효과음을 사용했었다. 옛날 사람.

〈패밀리 맨〉

The Family Man, 2000

대규모 기업합병을 막후에서 조율하는 잭 캠벨은 크리스마스에도 일에 열중하지만, 잠에서 깨어보니 오래전에 꿈을 위해 포기했던 애인이 아내가 되어 누워 있고, 자신은 시골 타이어 가게의 영업사원이란다. 생각해보니, 전날 케이트라는 사람이 전화를 하긴 했었다. 아직도 그는 케이트를 사랑하고 있었던 걸까? 하지만 무엇보다 허세 때문이다. 가짜 복권을 들고 얼렁뚱땅 돈을 뜯어가려는 양아치 앞에서 자신은 아무것도 필요하지 않다며 호기만 부리지 않았어도. 그 양아치가 변장한 천사였기에 망정이지 권총까지 들었는데 어쩔 뻔했어. 아무튼 크리스마스 시즌을 겨냥해서 만든 가족 영화지만, 언제 보더라도 진정한 사랑과 가족의 의미를 뭉클한 마음으로 생각하게 만든다. 올해는 오랜만에 케빈 대신 잭과 함께 크리스마스를 보내는 것도 좋겠다.

감독 브렛 래트너

주연 니콜라스 케이지, 티아 레오니

2장 엄마, 그 눈물겨운 이름

✷

엄마 같은 엄마 될까 봐 겁나.

〈마요네즈〉

왜냐하면 엄마라서

몇 해 전까지 엄마와 목욕탕에 가면 늘 똑같은 질문을 받았다. 이건 무슨 〈사랑의 블랙홀〉*도 아니건만, 이때쯤이다 싶으면 어김없이 누군가 슬그머니 다가와 이렇게 물었다. “친정어머니세요, 시어머니세요?” (물론 여기에는 약간의 변주가 있어서 엄마를 향해 내가 딸인지 며느리인지를 묻는 사람도 있었다.) 그리고 대답에 대한 반응도 한 치의 편차가 없었다. “내가 그럴 줄 알았어. 딸이니까 그렇게 하지.” 아, 네. 뭐, 네.

그래, 딸 같은 며느리라고는 하지만 며느리 같은 딸

이라고는 하지 않으니까. 대개의 경우 딸들은 크면서 엄마와 친구 같은 사이가 되고, 나이가 들어갈수록 엄마를 더 깊이 이해한다. 그런데 그렇게 세상에 둘도 없이 다정하던 모녀지간에도 어쩌다 크고 작은 말다툼 끝에 감정이 격앙되면 종지부처럼 서로를 향해 투척하는 상투적인 레퍼토리가 있다. 딸이 엄마의 가슴에 꽂는 원샷원킬의 비수는 "나는 절대로 엄마처럼 살지 않겠다"는 선언이다. 딸은 그 말로 엄마의 알량한 자부심을 기어이 무너뜨리고 아등바등 살아온 인생마저 통째로 부정해버린다. 그리고 내 편이라고 믿었던 딸의 돌연한 배신 앞에서 엄마가 할 수 있는 유일한 반격은 "너도 나중에 꼭 너 같은 딸 낳아서 키워 보라"는 악담 아닌 악담이다. 딸에게서 반복될 자신의 운명을 해원의 마지막 보루로 남겨놓는 것이다. 한때 딸이었던 엄마는 어쩌면 이미 알고 있다. 그래도 분이 삭지 않으면 이런 말을 덧붙이기도 한다. "천하에 쌀쌀맞은 년 같으니."

그래서 어느 날 딸이 엄마가 되고 만약에 운이 좋아

서 딸을 낳으면 예전의 엄마처럼 딸의 비수를 가슴으로 받고서야 엄마의 심정을 뒤늦게 이해하지만, 개구리는 대체로 올챙이 시절을 잘 기억하지 못하고 칼을 들고 휘두르는 싸움이 언제나 물만 베다가 싱겁게 끝나는 건 아니다. 가까운 관계일수록 마찰이 심하고, 마찰은 마모를 일으킨다. 그런 마모를 통해 모난 구석들을 다듬어서 둥글둥글 원만한 인격으로 거듭나는 드문 경우도 없지는 않으나, 때로 갈등의 화학반응은 관계가 지닌 결합의 성질과 구조를 일시에 바꿔버린다. 자식을 낳아서 키워 보니 예전에 엄마가 나한테 했던 행동들이 더 원망스럽고 이해가 되지 않더라는 사람도 있다.

그래서 엄마처럼 살지 않겠다고 큰소리 뻥뻥 쳤건만 어느 날 엄마와 너무 닮아 있는 자신을 발견할 때 딸은 문득 궁금해진다. 그토록 저어했던 모습으로 살고 있는 자신을 발견하고서야 딸은 불현듯 엄마가 느꼈을 좌절감의 실체를 이해한다. 엄마는 알고 있었던 거야. 본인이 그토록 꿈꿨던 러브스토리의 주인공이 아니라는 사실을. 그런데 스토리가 자신의 예상과 딴판으로 흘러간다는 건 언제 깨달았을까? "그래서 두 사람은 오래오래 행복하게 살았답니다." 자신의 삶이 이런 해피엔딩의 동화가 아니라는 걸 언제 어떻게 받아들이고 체념한 걸까? 험프리 보거트와 록 허드슨을 좋아했던 엄마는 혹시 그때부터 달리는 고속버스에서 서슴없이 춤을 추기 시작한 걸까?

엄마의 남편과 딸의 아버지는 같은 사람이 아니라서, 고주망태가 되도록 술을 퍼마시고 들어와 아내에게 주먹질을 하고 집을 난장판으로 만드는 못난 남자를 봤으면서도 딸은 아버지의 다정했던 몇 장면과 병들어 누워 있던 마지막 모습에 대한 연민으로 그에 대한 기억이 애틋하다. 자신이 그 집에서 러브스토리의 주인공이 될 수 없다는 사실을 받아들이지 못해 밖으로 나돌았던 한 여자의 외로움을 어린 딸은 이해할 수 없었고, 자신에게 엄마가 종종 부재했었다는 사실만이 못내 서럽다. 그리고 그 빌어먹을 마요네즈. 몸이 마비되어 꼼짝도 못 하고 누운 남편을 간병해야 하는 처지에 신세한탄을 쏟아내면서도 포기할 수 없었던 철없는 욕망의 상징으로서의 마요네즈.

하지만 돌봄 노동에 시달리는 엄마의 고단함을 위로하는 사람이 없다. 그런 것으로라도 욕망을 달래야 했던 삶의 피폐함을 딸은 외면한다. "모든 게 어그러지고 망가져도 엄마만은 온전해야 한다고 생각했어. 왜냐하면 엄마니까." 자식은 엄마한테 모성애를 요구할 자격이 있기라도 한 것처럼 딸은 가부장제에 짓눌려 어설프게 몸부림쳤던 엄마를 거칠게 비난한다. 아내의 역할을 제대로 수행하지 못했다는 이유로 완벽한 엄마가 아니라며 자신을 밀어내는 딸이 엄마는 당황스럽기만 하다.

사랑을 꿈꾸느라 평생 철없이 외로웠던 여자는 그래도 딸이 쏟아낸 비수 같은 말들을 가슴에 담은 채 웃으며 떠난다. 내리사랑은 있어도 치사랑은 없는 법이라서. 왜냐하면, 엄마라서.

• 〈사랑의 블랙홀〉은 자고 일어나면 매일 똑같은 날이 한 치의 오차도 없이 다시 반복된다는 설정 속에서 진정한 사랑을 깨우쳐가는 내용의 영화다. 빌 머레이와 앤디 맥도웰이 출연했다. 원제는 'Groundhog Day'

〈마요네즈〉

1999

1996년에 출간된 전혜성 작가의 원작이 큰 반향을 일으키면서 연극과 영화로도 만들어졌다. (모두 원작자가 대본을 집필한 것으로 알고 있다.) 이제 시대가 바뀌어 '마요네즈'라는 제목이 무슨 의미인지 이해하지 못하는 사람들도 많을 것 같다. 요즘이야 워낙 헤어케어 제품이 다양해져서 용도가 폐기되었지만 한때 마요네즈는 푸석한 머릿결에 윤기를 되찾아주는 최고의 트리트먼트 대용품이었다. 요정 같은 이미지로 한 시대를 풍미한 최진실 씨와 "국민 엄마" 김혜자 씨가 모녀로 나와서 화제가 되었다. 조금 아쉬운 점은 모녀의 갈등과 상처에만 초점을 맞춘 나머지 가부장제라는 요소와 남편의 역할을 제대로 그려내지 못했다는 것이다. 자애로운 어머니상인 김혜자 씨는 이 작품도 그렇고 〈만추〉와 〈마더〉까지, 유독 영화에서는 그 이미지를 뒤집는 역할을 많이 맡는 것 같다.

감독 윤인호

주연 김혜자, 최진실

*

한번 보고 싶구나.
난 아직 네 엄마고 우린 가족이니까.

〈한나〉

진작 얘기했어야지, 원하는 걸 제대로 말했어야지

삶의 끝에서 아마도 한 번은 영혼의 무게를 재는 순간을 맞겠지만 사는 동안 짊어지고 가는 인생의 무게는 서로 비교할 수 없다. 누군가의 짐은 확실히 가벼워 보이고 그래서 저 이의 삶은 훨씬 홀가분하리라는 게 합리적인 추측일 때에도 솜 1킬로그램이나 쇳덩이 1킬로그램이나 1킬로그램의 무게인 건 똑같아서 산더미 같은 부피가 오히려 가볍고, 작은 봇짐이 어깨를 파고 들어가기도 할 테니 남의 짐은 그저 짐작만 할 뿐이다. 온전히 내 어깨로 내 무게를 견딜 뿐이다. 다만,

나와 비슷한 짐을 진 사람들이 내 앞에 걸어갔고 그들이 살아남았다고 하니 어쩌면 나 또한 그럴 수 있으리라, 그 풍문으로 위안을 삼아볼 뿐이다.

그래서 모두가 부러워하는 조건을 두루 갖추고도 헛헛함을 채울 수 없는 어떤 사람들은 분연히 떨치고 일어나 먹고 기도하고 사랑하기 위해 발리 같은 곳으로도 떠나는 모양이지만, 하루하루 부풀어 오르는 허무를 침묵으로 삼키며 버티는 사람들도 있다.

행복한 가정은 대개 비슷하고 불행한 가정은 낱낱의 이유로 불행하다고 대문호는 말했다는데, 행복한 사람은 남의 인생에 개의치 않아도 불행한 사람은 때로 타인의 삶을 힐끔거리기 마련이라서 얼룩이 다 가시지 않은 빨래나 재활용 딱지를 붙여 내놓은 깨어진 물건에서 익숙한 불행의 균열을 금세 포착한다. 불행의 표정도 결국은 크게 다르지 않다는 걸 확인한다. 그렇기 때문에 한나의 표정만으로 더 이상의 설명은 필요하지 않다. 시시콜콜한 사정을 늘어놓지 않아도 고단한 삶의 무게를 짐작하기에 충분하다. 그 표정을 모르는 사람은 개의치 않을 것이고 알아보는 사람은 공감할 테니까.

혼자서 악전고투 중이지만 한나에게도 가족은 있다. 밥을 먹다가 전구가 나가도 한 마디 탄식조차 없이 조용히 일어나 전구를 갈아 끼우고 식사를 계속하던 남편은 무슨 일 때문인지 감옥에 들어갔다. 불미스러운 일을 저질렀거나 휘말린 듯한데, 그것의 여파는 혼자 남은 한나에게 집의 덧창을 닫게 만든다. 한나에게는 가족이 있지만 남편은 감옥에 갔고, 아들은 엄마를 거부한다. 손자의 생일날 손자가 좋아하는 케이크를 만들어서 들고 갔다가 문전박대를 당하고 되돌아오는 길에 한나는 지하철 화장실에서 가슴을 쥐어뜯으며 목메어 울고도, 남편에게는 마치 생일파티에서 즐거운 시간을 보낸 것처럼 얘기한다. 그 와중에도 한나는 가족의 화해를 시도하는 걸까. 짐작건대 아버지

때문에 부모와의 연을 끊었을 것 같은 아들과 그런 아들을 용서하지 않겠다고 단호하게 말하는 아버지의 손을 서로 이어주려는 걸까. 그런 가족이라도 유지해야 삶을 견딜 수 있었던 걸까.

그리고 한나에게는 욕망도 있다. 그녀는 연기 수업을 받고, 어느 날 영화를 촬영하고 있는 곳을 지나치다가 깨어진 꿈의 조각이 잠시 반짝이는 빛에 홀린 것처럼 백합 한 다발을 사 들고 들어온다. 욕망은 백합처럼 우리의 순간을 유혹하지만, 그러나 고단한 삶으로는 그 짙은 향기를 오래 감당할 수 없다. 한나는 결국 백합의 속을 뜯어낸다. 한나에게 욕망은 이제 향기를 제거해버린 백합의 껍데기와 같다. 어쩌면 한나의 인생이 그와 같다.

그러니 이렇게 되기 전에 진작 얘기했어야 했을까? 인생이 이 지경에 이르기 전에 원하는 걸 제대로 말했어야 했을까? 따지거나 애원하거나, 어딘가 다른 곳에 있을 진짜 인생을 찾아 떠났어야 했을까?

그러나 그녀는 여전히 아무 말이 없다. 딱 한 번 가

슴을 쥐어뜯으며 혼자 울었을 뿐, 얼마 전까지는 사막 같았고 그런 다음에는 이틀 연착한 기차를 기다리는 대합실 같은 마음속에서 모래 먼지 지금거리며 웅성웅성 소란스러운 말을 끄집어낼 수 없다. 황량한 인생을 굳이 확인받을 필요가 없어서 침묵으로 말을 눌러 숨죽인다.

한 계단만 내려가면 그곳에 우울이며 슬픔, 후회와 원망 같은 어두운 마음들이 모여 있다는 걸 알고 그 앞에서 한참을 서성이지만 끝내 그 문을 열지 않고 돌아 나온다. 그 문을 여는 순간 거기에 빨려 들어갈 테니까. 살겠다고. 그래서 그것은 체념이거나 지혜이며, 동시에 방어기제이기도 하다. 살아야 하니까.

그녀의 나날은 물이 넘치기 직전까지 찬 유리컵을 그저 속수무책으로 바라보는 것 같다. 꿈은 있었던가, 없었던가. 뭔가 있었던 듯도 싶은 그 자리에 덩그러니 물컵만 놓여 있고, 찰랑거리는 물을 조금 쏟을 엄두를 내지 않고서는 차마 그 컵을 들 수 없어서 위태로운 삶은 계속 목이 마르다.

그저 견디는 삶이란 아마도 속절없는 상처 속으로 파고드는 모래 알갱이여서 눈 질끈 감으며 삼켰던 속울음들이 언젠가는 진주알처럼 영롱해질지도 모르지만, 그건 대체로 너무 늦게 영글어서 슬프다. 때늦은 아름다움은 슬프다. 그것이 우리의 영혼을 빛나게 해 줄지라도.

〈한나〉

Hannah, 2017

사실 이 작품을 가족 영화 리스트에 포함해도 될까 한참 고민했다. 하지만 가족이 해체된 후에 온전히 혼자 남겨진 삶을 감당하는 여성의 심리를 잘 표현했기 때문에, 이걸 일종의 가족 영화로 보지 않을 이유가 없다고 혼자서 결론을 내렸다. 게다가 이제 1인 가구가 얼마나 많은 세상이 되었나. 아무튼 모든 위태로운 감정을 꾹꾹 누르며 잔잔한 일상을 유지하는 모습이 찰랑거리는 물컵을 들고 걷는 것처럼 아슬아슬해서 긴장감을 안겨준다. 남편이 수감되고 아들이 엄마를 거부한다는 것 외에 특별한 줄거리도 없이 샬롯 램플링의 눈빛과 표정, 절제된 동작만으로 영화를 이끌어간다. 하지만 마지막의 지하철 롱테이크 샷에 이르도록 눈을 뗄 수 없다. 샬롯 램플링은 이 영화로 베니스국제영화제에서 여우주연상을 수상했다.

감독 안드레아 팔라오로

주연 샬롯 램플링

✷

난 혼자 살 거야. 가족 같은 거 없이
그냥 나 혼자서 마음대로,
하고 싶은 대로 다 하면서 살 거야.

〈인어공주〉

빛바랜 사진첩 속의 동화

그렇다. 누구나 자신만의 보따리를 짊어지고 인생을 살아간다. 그 안에는 아련한 기억이 담기고, 슬픈 추억이 담기고, 묵직한 상처와 몇 송이의 마른 꽃 같은 기쁨, 바스러진 솜사탕 모양의 꿈들이 들어 있다. 설렘으로 시작했던 청춘의 날들은 다 어디로 흘러가고 그 시절에 찬란하게 반짝였던 꿈들은 어디에 버려졌을까. 일상의 무의미가 거품처럼 부글부글 끓어오르는 날이면 이따금 그 시절을 떠올리기도 했지만, 아역배우가 등장하는 드라마의 초반부처럼 나인 듯 내가 아닌 것 같아 낯설게 순수했던 몇 장면마저 이제는 밍밍하게 김빠진 술맛이 날 뿐이어서 어느 때부턴가 우리는 추억을 등지고 걸으며 세월을 뒤돌아보려 하지 않는다.

그러나 하루하루 지지부진하게 이어지는 줄거리는 궁금할 게 없어도 돌이켜볼 때에야 비로소 선명해지는 것들이 있듯이, 앞모습에서는 드러나지 않던 것을 뒷모습에서 얼핏 보게 되는 경우가 있다. 표리부동하다는 것과는 다르게, 차마 말 될 수 없는 수많은 말들을 그저 몇 개의 점에 담아내는 말줄임표처럼, 한없이 그늘진 마음의 표정이 텅 빈 등판에서 얼핏 보일 때가 있다. 두려우면 저도 모르게 움츠러들고 당당하면 한껏 펴지는 게 어깨라서 "쓸쓸한 사람은 어깨만 보면 알 수 있다"* 고 어느 소설가도 말했지만, 돌아앉은 누군가의 등에서 그가 한사코 감추려 했던 삶의 가난한 봇짐들을 봐버린 탓에 그의 그림자와 함께 한숨지을 때가 있다. 하지만 말줄임표는 끝내 아무 말이 없고 모두가 행간을 읽는 것은 아니며 등판의 표정은 누구와도 좀처럼 눈을 맞추지 않는다.

어찌 됐든 바닥에 드러눕기라도 하면서 현실과 드잡이를 하며 싸우는 사람은 생에 억척스러운 얼굴을 들이미는데, 그 싸움이 버거워 외면하고 돌아앉은 사람은 지친 뒷모습만을 보여줄 뿐이다. 어느 쪽이든 너무 멀리 와버려서 이제 다들 관성처럼 살아가고 있지만, 사납게 악다구니를 치는 사람도 처음부터 저렇게 표독스러운 표정을 지었던 것은 아니고 힘없이 돌아앉은 사람도 처음부터 저렇게 축 처진 어깨로 살았던 것은 아니다. 아마도 아닐 것이다. 저들에게도 신록의 어린잎같이 싱그럽고 창창하던 시절이 있었을 것이다. 악을 쓰며 싸우는 게 일상이 된 부부라도 어쩌다 스치듯 닿은 손끝에 가슴이 설레어 잠 못 이뤘던 때가 분명히 있었을 것이다.

"그 사람들, 누구 부모 될 자격도 없는 사람들이야.

나도 결혼해봐야 결국 우리 엄마, 아빠처럼 될 거고, 절대로 그렇게 살기 싫어." 처량한 뒷모습으로만 존재하던 아빠가 홀연히 사라진 것도 모자라 죽을병에 걸렸다는 사실을 알게 된 딸은 기가 막힌다. 그리고 늘 억척스러운 표정이긴 했어도 어떤 이유에서든 누군가와 머리채를 잡고 싸우는 엄마를 봤을 때는 오만 정이 떨어진다. 그래서 딸은 엄마처럼 되지 않겠다는 차원을 넘어 아예 가족을 만들지 않겠다고, 지금과 같은 이런 가족을 또 만들 바에야 그냥 혼자 살겠다고 결심한다. 때마침 해외에 나갈 기회가 있었던 딸은 이번만큼은 오불관언 상관하지 않겠노라 마음을 다진다. 하지만 가족이란 때때로 우리의 발목을 잡고 꿈의 바람을 빼서 눌러 앉힌다. 가족이라는 관계와의 싸움에서는 어지간히 모질지 않고서는 이기기 힘들다.

그래서 딸은 병든 아빠를 찾아 나서고, 엄마의 고향에서 갈래머리를 하고 해맑게 웃는 어린 날의 엄마를 만난다. 당당한 어깨에 넓은 등을 가진 젊은 시절의 아빠를 만난다. 엄마도 아빠도 이제 거들떠보지 않는

두 사람의 과거를 딸이 대신 추억한다. 엄마와 정말 닮았으니 네가 늙으면 엄마처럼 될 거라는 말에 발끈했던 딸은 엄마에게서 자신의 미래를 보는 게 아니라 엄마의 과거를 공감하고 엄마의 현재를 연민한다. 온통 모든 게 현실이었을 뿐 아무리 뒤져봐도 아름다운 기억이라곤 없었다고 분통을 터뜨렸던 딸은 아름다운 기억을 스스로 지어낸다. 두 사람의 딸로 살며 견뎠던 그 현실이 잉태된 순간을 아름다운 이야기로 만들어낸다. 마음속에서 미움을 몰아내고 현재를 수긍한다. 미래를 긍정한다.

그러니 악다구니 치며 싸우는 사람도 힘없이 등 돌리는 사람도 이 고달픈 고장에서 살아가기 위해서는 연민이 필요하다. 살다 보면 감정은 차갑게 식어 온기 잃은 한겨울의 화로처럼 소스라치는데, 연민 없이는 아무도 가난한 내면을 홀로 감당할 수 없다. 어쩌면 연민만으로는 부족할 것이다. 세상을 살아가는 데에는 아마도 훨씬 많고 다양한 것들이 필요할 것이다. 그러나 먼지처럼 날리다가 바람 잔 곳에 잠시 내려앉은 헛헛한 마음을 달래줄 것이 존재에 대한 연민 말고 뭐가 있을까. 억척스러운 앞모습과 쓸쓸한 뒷모습으로 생을 견뎌야 하는 모든 살아있는 존재에 대한 측은지심보다 절실한 게 뭐가 있을까. 어쩌다 가족으로 묶인 탓에 서로의 속을 시끄럽게 들볶으며 살아가는 관계라면 더더욱.

• 한강, 〈아홉 개의 이야기〉: "사람의 몸에서 가장 정신적인 곳이 어디냐고 누군가 물은 적이 있지. 그때 나는 어깨라고 대답했어. 쓸쓸한 사람은 어깨만 보면 알 수 있잖아. 긴장하면 딱딱하게 굳고 두려우면 움츠러들고 당당할 때면 활짝 넓어지는 게 어깨지."

〈인어공주〉

2004

가래침을 칵칵 뱉으며 억척스럽게 살아가는 엄마와 구겨진 빨래처럼 풀 죽은 아버지. 풋풋했던 시절이 있었을 거라고는 도저히 상상도 할 수 없는 부모님의 설레는 연애 시절을 타임 슬립 형식으로 돌아가서 "구경"하는 전도연 씨의 1인 2역 연기가 감탄을 자아낸다. 그 두 역할이 맞붙는 장면에서도 어색한 느낌이 전혀 없다. 특히 까맣게 그을어서 주근깨가 송송히 박힌 얼굴로 환하게 웃음 짓는 엄마의 어린 시절 모습은 너무나 사랑스럽다. 그리고 만화를 찢고 나온 것 같은 젊은 시절 아버지의 미모는 남자야말로 관리가 중요하다는 걸 새삼 일깨워준다. 아무튼, "누구나 한 번쯤은 사랑에 웃고 누구나 한 번쯤은 사랑에 울고, 그것이 사랑"이었던 것이다. 고두심 씨의 고향이 제주도여서 제주도 해녀일까 싶었는데 그건 아니었다.

감독 박흥식

주연 전도연, 박해일, 고두심

✷

다들 밥 먹는 게 유세냐?
나 위해 먹어?

〈세상에서 가장 아름다운 이별〉

엄마는 힘이 세다

어느 코미디언 겸 영화감독은 가족에 대해 "누가 보지 않으면 내다 버리고 싶은 존재"라고 했다는데, 설마 농담이겠지. 아니라고? 하긴, 가족이라는 게 때때로 버거운 면이 없지 않아 있다. 그런가 하면 또 다른 코미디언 겸 영화감독은 가족이 "무겁지만 기꺼이 짊어지고 산을 오르는 짐"이라고 표현했다. (이 두 사람은 국적이 다르다.) 그 짐을 내려놓지 않고 무게를 견뎠기에 봉우리를 넘다가 지치고 힘들 때 가방을 열어 목을 축이고 힘을 얻을 수 있다는 것이다. 나는 두 번째 비유가 훨씬 마음에 들지만, 어깨에 짊어진 짐의 무게가 너무 묵직해서 힘에 부칠 때도 있다는 건 부정할 수 없는 사실이다.

가족의 정겨움을 생각하면 뭐랄까, 가뜩이나 끈적이는 여름날, 낡고 오래된 선풍기 한 대를 앞에 놓고 그 미적지근한 바람을 함께 나누겠다고 투닥거리는 느낌이랄까. 이때 까만 씨가 다닥다닥 박힌 수박은 앞에 있어도 좋고 없어도 상관없다. 어쨌거나 가족은 누구나 인정하는 것처럼 끈끈한 관계여서, 세탁을 끝내고 건조기에서 막 꺼낸 깨끗한 타월처럼 늘 보송보송하지는 않다. 웬걸. 아, 참 질척거린다.

이 집도 그렇다. 항상 곁에 있으니 소중한 줄 모르고 때로는 성가시다며 밀어낸다. "나 좀 내버려 둬, 내 일은 내가 알아서 할게." 집은 들어와서 밥이나 먹고 잠이나 자는 곳쯤으로 여긴다. "피곤해, 밥 줘." 밖에서는 줏대 없이 두루뭉술한 무골호인이다가 현관문을 들어서는 순간부터 꼬깃꼬깃 구겨진 자존심을 보상받으려 든다. "너, 그게 아버지한테 할 소리야? 어디서 배운 버르장머리야?" 다른 가족에 대한 기대는 당연하고 내 어깨에 얹힌 기대는 부담스럽다. "아, 됐어. 엄마가 뭘 알아. 지금까지 나한테 해준 게 뭐 있어?" 속상해서 엇나가고 안타까워서 화를 낸다. 돈이 드는 것도 아니건만 말 한번 곱게 하는 법이 없다. 조곤조곤 자세하게 설명해주지도 않는다. 그래도 다 알겠지. 이해해주겠지. 가족이니까. 가족이잖아. 가족이면서 그것도 몰라? 가족인데 그 정도도 못 해줘?

그리고 늙으나 젊으나 똑같이 미성숙한 이런 행동들을 받아주는 욕받이는 결국 엄마다. 늘 참고 다 받아주니 제일 만만하다. 엄마는 그래도 오래 참고 엄마는 대체로 온유하다. 물론 남편한테는 아내이지만 그는 돈 벌어다 주면서 생색내는 늙어빠진 아들이나 마찬가지다. 시어머니에게는 며느리지만 15년째 치매로 정신이 오락가락하는 시어머니는 가끔씩 며느리를 엄마라고 부르면서 아기처럼 보챈다. 남동생에게는 누나이지만 눈을 부릅뜨고 치받는 망나니 남동생을 엄마처럼 안타까워하며 걱정한다. 그러니 결국은 모두에게 엄마다. 온통 민폐 캐릭터뿐인 가족들의 깽판을 다 받아주며 진작 뿔뿔이 흩어졌거나, 기껏해야 모래알처럼 데면데면했을 그들을 일일이 부여잡고 가족이라는 틀을 유지하는 중심에는 모두의 엄마 역할을 하는 한 사람이 있다. 평생 모두의 독박육아를 하며 늙어버린 엄마가 있다.

더 사랑하는 쪽이 약자라고 했던가. 하지만 엄마는 더 사랑하기 때문에 강하다. 엄마는 힘이 세다. 여전히 아침마다 쫓아다니며 밥을 챙겨 먹인다. 남편을 위해서는 셔츠까지 일습으로 하루의 복장을 가지런히 정돈해 놓고 심지어 넥타이도 목에 걸기만 하면 되도록 매듭을 지어놓는다. 어지간히 하라는 말이 혀끝에 맴돌지만, 좋아서 하는 일은 말릴 장사가 없다. 그런데 그러느라 늘 자기 자신은 뒷전이어서 정작 제 몸은 돌보지 못했다. 아, 사랑은 자기의 유익을 구치 않는다 하였으니. 그리하여, 일방적인 사랑을 주었던 엄마의 이별이 시작된다.

엄마의 임박한 죽음 앞에서 가족들은 일제히 회개한다. 그리고 거듭난다. 아마도 이게 아름다움의 포인트일 것 같지만 옆에서 보기에도 조금 억울하다. 게다가 남편은 자학과 한탄으로 죄책감을 퉁치고 급기야 딸에게 이렇게 말한다. "너무 속상해하지 마라. 난 네 엄마가 지금 죽는 게 다행이라고 생각해. 고생, 남보다 두 배는 더 했잖아. 좀 더 일찍 좋은 데로 간다고, 그렇게 믿기로 했다. 우리 모두 잘해주고 싶었지. 그 맘 알 거다." 떠나야 하는 사람은 따로 있는데 자기가 먼저 울고 혼자서 아름답다고 정리해버린다. 게다가 끝까지 그 버릇 못 버리고, 다 알겠지. 이해해주겠지.

하지만 신파는 힘이 세다. 끝끝내 울리고 마는 힘이 있다. 그리고 그렇게 때로 답답하고 진부해도, 눈물 콧물 빼면서 끌어안고 울게 되는 게 가족이다. 시대가 아무리 변해도 가족은 신파다.

〈세상에서 가장 아름다운 이별〉

2011

치매에 걸린 시어머니를 모시고 무능한(영화 홍보 문구에 이렇게 적혀 있다) 의사 남편과 함께 두 자녀를 헌신적으로 돌보며 살아온 주부가 어느 날 말기 암 진단을 받은 것을 계기로 겉돌던 가족들이 모두 화해하고 화합하는 과정을 감동적으로 그린 이 작품은 1996년에 티브이 드라마로 처음 소개되었다. 그 후에 영화로 만들어졌을 뿐만 아니라 2017년에는 티브이에서 새롭게 리메이크해서 다시 방송되기도 했다. 흥미로운 점은 무려 20년이라는 간격을 두고 제작된 오리지널과 리메이크 드라마에서 김영옥 씨가 모두 치매에 걸린 시어머니 역할을 맡았다는 사실이다(영화에서는 김지영 씨가 열연을 펼쳤다). 시어머니를 베개로 누르는 장면이나 화장실에서 피를 토하는 장면에서는 누구라도 눈물을 쏟지 않을 수 없다. 일일이 거론하기도 힘들 만큼 수많은 명품 드라마를 집필한 노희경 작가의 작품이 원작이다.

감독 민규동

주연 배종옥, 김갑수, 김지영, 유준상, 서영희, 류덕환, 박하선

3장 새로운 가족의 탄생

*

경석아, 그런데 헤픈 거 나쁜 거야?

〈가족의 탄생〉

선녀들의 한복집

옛날 옛날 한 옛날에 사냥꾼을 피해 도망치던 사슴은 자신을 숨겨준 나무꾼에게 은혜를 갚는답시고 선녀들이 내려와서 목욕하는 샘을 알려준다. (얼씨구!) 나무꾼은 사슴의 귀띔대로 샘 근처에서 잠복하다가 미네랄이 풍부하기로 유명한 지상의 샘까지 목욕을 하러 온 선녀들의 날개옷 하나를 숨기고, 무슨 복불복 게임도 아닌데 날개옷을 도둑맞은 선녀는 하늘로 올라가지 못해 결국 나무꾼과 살림을 차리고 전업주부로 눌러앉는다. (어럽쇼!) 지금까지 얼마나 많은 나무꾼에게 이 정보를 넘겼던 건지 이후의 전개를 빤히 꿰고 있던 사슴이 아이가 셋이 될 때까지는 절대로 날개옷을 내주지 말라고 신신당부했건만, 셋째 아이를 낳기 전에 어찌어찌 날개옷을 손에 넣은 선녀는 아이를 양쪽 겨드랑이에 하나씩 끼고 미련 없이 훨훨 날아 하늘로 돌아간다. (오호라!)

시름에 빠진 나무꾼 앞에 다시 나타난 오지랖 넓은 사슴은 선녀도 몰랐던 천상행 두레박의 존재를 알려주고, 두레박을 타고 하늘로 올라가서 선녀와 재회한 나무꾼은 옥황상제의 정식 사위가 되어 잘 사는 듯했지만, 예전에 선녀가 하늘의 가족들을 그리워했듯이 지상에 홀로 남은 노모가 자꾸만 눈에 밟혀서 천마를 타고 잠시 땅으로 내려온다.

그러나 귀한 천마를 이용하는 데에는 까다로운 조건이 붙었는데, 닭이 세 번 울기 전에 돌아와야 하며 땅을 밟으면 안 된다는 것. 나무꾼은 어머니 얼굴만 얼른 뵙고 돌아가려 했으나 아들을 오랜만에 만난 어머니가 그렇게 순순히 보내줄 리 만무하고, 하늘나라에서 처가살이하느라 눈칫밥 먹었을 아들에게 뭐라도 든든히 먹이고 싶었던 어머니가 펄펄 끓는 팥죽 한 사발을 건네자, 닭이 세 번 울기 전에 급히 먹으려던 아들은 그 뜨거운 죽을 천마의 등에 쏟고 말았으니! (아뿔싸!)

이 설화의 버전은 여러 가지가 있지만 그때부터 나무꾼은 눈에 불을 켜고 문제의 그 사슴을 찾아 헤매다가 녹용 장수가 되었다나 뭐라나, 샘 근처를 밤낮없이 배회하다가 아예 선녀탕을 차렸다나 뭐라나. 아무튼 이 이야기를 듣고 나면 가족이라는 작은 이파리의 잎맥이 순식간에 우주의 규모로 확장되며 머릿속을 꽉 채워버리는 것 같은 느낌이 든다.

그렇다면 사람들이 정착하는 건 날개옷을 잃어버렸기 때문일까? (꼭 선녀가 아니더라도.) 아이를 둘이나 낳았는데도 선녀에게 진짜 가족은 하늘나라의 부모님과 형제들이었던 걸까? (그래도 아이는 데려가지만.) 만약 세 번째 아이를 낳았다면 그 아이가 발목을 잡았다고 원망하며 살았을까? (그 양아치 같은 사슴이 선녀에게는 두레박 얘기를 끝까지 안 해줬을 테니까.) 어딘가 얼렁뚱땅인 것 같으면서도 그립고 버겁고 애틋하고 안타까운, 가족이란 대체 뭘까?

어떤 사람들에게 가족이란 인생이라는 길을 함께 가는 동지일 것이다. 인생은 대체로 무상하지만 그것을 통과해나가는 일은 결코 녹록지 않아서 짧다거나 길다고 감히 논할 수 없는 인생 전부를 놓고 말하지는 않더라도, 어둑해지는 저녁에 산골짜기 하나 외롭잖게 넘어가거나, 그늘 없이 아지랑이 달뜨는 사막을 포속포속 발자국 소리만 찍으며 묵묵히 견뎌내는 동안, 그 길에 동행할 도반 하나 얻는다면, 날개옷을 잃고 던져진 이 세상을 함께 이해할 수 있을 테니까. 이 세상은 어째서 이러한가. 세상은 어째서 가파른 산골짜기이며 가혹한 사막인가. 누군가에겐 세상이 싱그러운 평원이라는 풍문은 어찌된 일이며, 꽃과 과실 풍요로운 저만치의 풍경은 그저 신기루인 것인가. 저 모퉁이 너머엔 무엇이 있을 것이며, 거친 바람을 피하려면 어디로 가야 할 것인가. 그런 것들을 함께 이해할 수 있을 테니까.

그렇기 때문에 모두가 떠나고 혼자 남았어도, 어디론가 훌훌 날아가지 못했어도, 누군가 내 발목을 잡았어도, 때로 그곳에서 다시 가족은 탄생한다. 외로움에 비틀거리고 낯선 곳을 헤매더라도 길을 포기하지 않을 때 어떤 사람들은 새로운 가족을 선택하고 누군가를 가족으로 받아들인다. 어떤 가족은 그렇게 탄생한다. 서로 길을 잃고 헤매던 사람들이 어느 갈림길에서 만나 가족이 된다.

외로운 사람들은 정이 헤픈 탓에 쉽게 길들지만, 도지고 덧나는 상처가 슬플지언정 헤픈 게 뭐가 나쁘단 말인가. 한 여자는 남동생이 술 한잔 마시고 오겠다며 자기 지갑에서 만 원을 꺼내들고 나갔다가 돌아오지 않은 집에서 남동생의 연상녀 애인과 함께 살며 그 연상녀의 전남편이 전부인과의 사이에서 낳은 아이를 딸처럼 함께 키우고, 또 다른 여자는 만나기만 하면 앙앙불락 할퀴어대던 엄마가 죽기 전에 유부남과 연애를 하다 늦둥이로 낳아놓은 남동생을 아들처럼 키워서, 그렇게 자란 딸과 아들이 만나 연애를 하며 또 다시 새로운 길을 함께 걸어간다는 이야기는 '선녀와 나무꾼'보다 더 환상적인 우리 시대의 동화다.

〈가족의 탄생〉

2006

지금이야 그런 설정이 대수로울 게 없지만, 당시에는 남동생이 등장하고 얼른 들어오라며 손을 잡아끌고 데려온 무심 씨가 스무 살가량 나이 차이가 나는 연상녀여서 매우 신선한 충격이었던 기억이 난다. 실제로 당시만 해도 따지고 보면 아무 관계도 없는 두 여자가 피붙이도 아닌 아이를 함께 키운다는 내용이 상당히 진취적이었다. 나중에 경석이와 채현이의 계보가 드러나면서 모든 게 딱 맞아떨어질 때는 행복한 웃음이 저절로 얼굴에 번진다. 김태용 감독은 이 작품으로 2006년 청룡영화상 감독상을 수상했고, 2011년에는 〈만추〉를 리메이크하면서 여주인공으로 탕웨이를 캐스팅했는데 나중에 둘은 가족이 되었다.

감독 김태용

주연 문소리, 엄태웅, 고두심, 공효진, 김혜옥, 봉태규, 정유미

✷

가족인 척했던 사람들이
무슨 목적으로 여기 모여 살았는지는
아직 밝혀지지 않았습니다.

〈어느 가족〉

고맙습니다, 모두 다요

동네에 맛있는 밥집이 있었다. 주로 저녁에 장사를 했고 술도 팔았다. 곱고 다정한 사장님이 혼자서 야무지게 꾸렸던 그 가게는 근방에서 은근히 유명했다. 그곳에 드나드는 사람들은 모두 사장님을 이모라고 불렀다. 친구들은 "오늘 이모네 가서 밥 먹자"고 말하곤 했다. 하지만 나는 끝내 그 이모라는 말이 나오지 않았다. 현실의 이모들과 별로 살가운 관계가 아니라서 그랬을지도 모르지만, 가족 관계의 호칭으로 타인을 부르는 게 어쩐지 내키지 않았다. 단골 삼아 드나들면서도 나 혼자 고집스레 사장님이라고 부르는 게 오히려 어색해서 늘 대충 얼버무리곤 했다. 어느 날 그 집은 문을 닫았고, 친구들은 아쉬움을 뒤로 한 채 또 다른 이모를 발 빠르게 만들어서 가족 상봉을 했다.

그런데 자식도 없이 종종 어머니 소리를 듣는 처지가 되고 보니, 단골집 사장님을 이모라고 부르지 못해 겸연쩍었던 기억은 양반이었다. 도대체 "손님"이라고 하면 충분할 자리에 왜 어머님, 아버님이라는 말을 집어넣는 건지, 대관절! 가족 관계의 호칭으로 누군가를 부르면 순간적으로 최면에라도 걸린 듯이 그 역할의 마음가짐을 갖게 되면서 축지법처럼 관계의 거리감을 좁혀주는 착시효과가 있다는 걸 모르는 바 아니지만, 가끔은 태어나면서 저절로 맺어진 가족조차 버거운 판에 나이도 몇 살 차이 나지 않을 것 같은 사람한테서 어머니라는 소리를 들으면 여전히 뜨악하다. 게다가 이제 나이를 먹는다고 누구나 당연하게 어머니가 되고 아버지가 되는 시절이 아니며, 설사 그런 시절이라 하더라도 여러 가지 이유로 그 역할을 원하면서도 맡을 수 없어 힘들어하는 사람들이 있다는 사실을 업데이트하지 않은 뇌가 너무 후져서 번번이 "내가 니 M이냐?"라고 받아치고 싶지만 소심한 탓에 어설픈 복화술로 입술만 달싹거리고 만다.

그래서 아이와 함께 시장을 지나다가 누군가 "어머니"라고 그녀를 불러 세웠을 때 여자는 아이와 눈을 맞추며 멋쩍게 웃는다. 어쩌면 집에서 밥을 차려준다거나 친부모가 방치한 아이들을 안아서 품는 여자의 행동들이 여느 집에서 흔히 어머니가 하는 역할과 비슷할지 모르지만, 그녀에게는 따로 호칭이 없다. 남자는 때때로 아이에게 아버지라고 불러보라 하며 보통의 아버지들처럼 남자아이가 겪는 성장의 신호들을 알려주지만, 아이는 마지막까지 남자를 아빠라고 부르지 않는다. 저마다 작고 약한 물고기였던 그들은 큰 물고기에 맞서기 위해 각자 우연히 맡게 된 위치를 지키며 살았을 뿐이라서, 이를테면 거친 세상을 향해 한껏 부풀린 탈을 뒤집어쓰고 그림자로 시늉했을 뿐이라서, 기존의 호칭들은 낯설고 겸연쩍었으며, 딱 들어맞지 않았다.

그들은 작아서 쓸쓸하고 외로워서 가난했다. 가난하기 때문에 그들은 도둑질을 해야 했다. 작고 외로웠던 그들은 가족이라는 관계를 도둑질했다. 개발의 한복판에 있으면서도 개발의 흐름과 너무 동떨어져서 오히려 외면하게 되는 허름한 가옥, 아무도 돌아보지 않는 그곳에서 그들은 최선을 다해 함께 행복했다. 처마 밑에 옹기종기 모여 앉아 비좁은 한 뼘 하늘에 번지는 불꽃놀이를 구경하고 파도가 밀려올 때 손을 맞잡고 점프를 했다.

사람들은 그들이 무슨 목적으로 가족인 척하며 모여 살았는지 궁금해하지만, 세상은 듣고 싶은 대로 듣고 보고 싶은 대로 보며, 이해관계가 얽혀 있지 않은 일에는 금세 흥미를 잃고 다른 곳으로 관심을 돌린다. 그래서 그들이 무슨 목적으로 거기 모여 살았는지 사람들은 끝내 알아내지 못할 것이다. 세상에 맞서 휘두를 것이 하나도 없는 탓에 그저 그림자나 부풀리면서도 빈손을 서로 맞잡고 파도를 넘는 이들은 설사 가족의 호칭으로 서로를 부르지 않는다 하더라도 가족이 아닐 이유가 없다.

"'스위미'는 작은 물고기들이 모여서 거대한 참치를 물리치는 이야기인데 왜 그러는지 알아?" 스위미는 절대로 흩어져서는 안 되며 각자 위치를 지켜야 한다고 알려주었지만, 남자아이는 거추장스럽던 여자아이를 정말로 동생처럼 생각하게 되면서 도둑질에 회의를 느낀다. 모두에게 고마운 마음을 품고 세상을 떠난 할머니는 구들장 밑에 묻히고, 그들의 대오는 조금 더 버티다가 결국 무너진다. 작은 물고기들이 거대한 참치에 맞서는 건 역부족이다. 꼭 이들이어서가 아니라 어쩌면 세상의 모든 관계들은 어느 시점에서 역부족이 된다. 어떤 꽃은 일찍 피고 어떤 꽃은 일찍 지지만 모든 알은 깨어지고 어린 새는 자라서 둥지를 떠난다. 다시 겨울이 왔고 아이는 세상을 향해 홀로 뛰어

들었다. 자기 혼자서 내내 아빠였던 남자는 온전히 아저씨로 돌아갔지만, 아이는 고개를 외로 틀며 번번이 밀어냈던 그 겸연쩍은 말을 그제야 속으로 중얼거려 본다. "아빠."

사람과 사람 사이. 그 사이에서 해가 뜨고 바람이 분다. 별이 반짝이고 구름이 지난다. 비가 내리고 운이 좋으면 무지개가 뜬다. 그러니 기쁠 것도 슬플 것도 없다. 그저 고마울 뿐이다. 고맙습니다, 모두 다요.

• '스위미(Swimmy)'는 책 제목이자 그 책의 주인공인데, 우리나라에서는 〈헤엄이〉로 번역되어 나왔다. 레오 리오니가 글을 쓰고 그림을 그렸다.

〈어느 가족〉

万引き家族, 2018

고레에다 히로카즈 감독은 이 작품 외에도 〈아무도 모른다〉와 〈그렇게 아버지가 된다〉, 〈바닷마을 다이어리〉, 〈태풍이 지나가고〉까지, 가족을 소재로 워낙 걸출한 영화를 많이 만들었기 때문에 하마터면 그의 작품으로 이번 리스트를 다 채울 뻔했다. 하지만 그중에서 고민 끝에 〈어느 가족〉을 고른 이유는 그야말로 아무 연고도 없는 쓸쓸하고 외로운 사람들이 잠시 한 집에 모여 가족처럼 정을 나누다가 세상이라는 물살을 견디지 못하고 뿔뿔이 흩어져 흘러가는 모습이 가슴을 울렸기 때문이다. 모든 배우들의 연기가 훌륭하지만, 특히 엄마에 해당되는 역할을 맡은 안도 사쿠라가 "두 아이는 당신을 뭐라고 불렀느냐"는 질문을 받고 눈물을 쓸어내며 우는 장면은 가슴을 미어지게 한다.

감독 고레에다 히로카즈

주연 릴리 프랭키, 안도 사쿠라, 마츠오카 마유, 키키 키린, 죠 카이리, 사사키 미유

*

나는 힘든 부모에게
아이를 찾아주는 게 아니라
힘든 아이에게
최선의 부모를 찾아주려는 겁니다.

〈가족이 되기까지〉

네가 행복했으면 좋겠어

지금 생각해보면 나이가 많은 것도 아니었는데 아이를 키우다가 대학원에 들어갔고 서른이 넘어서야 박사 학위를 받았다는 시간강사는 무슨 얘기 끝에 박사 학위란 "스스로 무엇을 어떻게 공부할지 판단해서 그 공부를 혼자 할 수 있다고 인정받는 자격증"이라고 말했다. 아마도 전공 선택쯤이었던 그 시간에 강의실을 들락거리며 배운 건 다 잊어버렸어도 이 얘기만큼은 왜 그런지 지금도 기억에 또렷하다. 스스로 판단해서 공부할 수 있는 능력을 나는 어디서도 인정받지 못했다.

출판기획을 하던 지인은 필자를 섭외할 때 박사 학위 소지자로 제한하는 게 회사의 방침이라고 했었다. 그래서 나는 안타깝게도 몇 안 되는 지인 찬스조차 쓸 수 없었으나(박사였더라도 다르지 않았을 테지만) 그건 판단의 "간편 기준"에 가깝다. 검증과 확인 과정을 단순화하기 위해 외부의 시스템을 차용하는 것이다. 똥인지 된장인지 일일이 다 먹어보기는 번거로우니까 그나마 오류가 적은 기준을 적용해서 선별 작업의 양을 줄이는 것이다. 그러나 해당 학문의 영역을 벗어나거나 그 기준을 무작정 절대시할 때 일어날 수 있는 부작용은 이미 수없이 확인되었다.

그런데 그건 어른도 마찬가지인 것 같다. 우리는 대충 주민등록증을 받고 어른이 된다. 박사는 되기 어렵지만 어른은 대부분 가만히 있어도 된다. 어제까지는 아니었는데 하룻밤 자고 일어났더니 별안간 어른이 되어 투표라는 행위로 국가의 일에도 참여할 수 있고, 자동차를 몰고 거리를 질주할 수도 있다. 부모의 동의

없이 결혼할 수 있고, 아무튼 성인 인증을 거쳐야 하는 온갖 것들을 하려면 할 수 있다. 말하자면 '스스로 무슨 행동을 하고 어떻게 처신할지 판단해서 그에 따른 책임을 질 수 있다고 인정받은' 것이다. 그런데 그런가? 가만히 앉아 있어도 저절로 쌓이는 나이를 먹었다고 어른이 되는 걸까? 가짜 박사가 있듯이 가짜 어른도 있다. 가짜 어른이 더 많다.

그렇다면 부모는 어떨까? 박사 학위를 취득하는 것처럼 주제를 정하고 뚜렷한 목표에 따라 공부를 한 끝에 그 자격을 얻는 걸까? 아니면 그저 대충 그럴 만하다고 평균치로 추정한 나이에 포괄적으로 발급하는 주민등록증처럼, 아이가 태어나서 덜컥 부모가 되는 걸까?

스물한 살의 클라라는 스쿠터를 타고 혼자 병원에 와서 익명으로 출산을 한다. 프랑스에는 그런 제도가 있는 모양이다. 클라라는 아이를 출산하고도 보고 싶어 하지 않는다. "키우고 싶지 않아요. 키울 수가 없어요." 그녀는 별 미련 없이 입양 신청서를 작성하고, 자신이 세상 밖으로 내놓은 아이를 마지못해 한 번 보고는 훌쩍 떠나버린다. 프랑스에는 친부모 확인 국가 지원소라는 게 있어서 (생모가 선택할 경우) 나중에 아이가 생모를 찾으려고 할 때 도움이 될 만한 정보를 밀봉해서 보관해놓는다고 한다. 생모가 친권 포기서를 제출하면 두 달의 숙려 기간을 거쳐 아이는 국가 보호 아동으로 등록되고, 자격심사 위원회에서 입양 신청자들을 검토하는 동안 아이는 위탁 보호사의 손에서 자라게 된다. (어떤 이유로든 아이를 키울 수 없는 생모가 아이를 위험한 상황에 유기하지 않도록 유도하기 위해 모 단체에서 운영하는 베이비박스를 놓고 찬반 논란이나 벌이며 사회적 에너지를 낭비하는 나라에서, 출산을 하고 아이의 행복을 기원하면서도 부모가 되지 않는 것을 선택할 수 있도록 제도적으로 배려하는 프랑스의 시스템은 합리적이라고 생각된다.)

'덜컥'이라는 표현은 거칠고 무례하지만, 입양으로 부모가 되는 과정은 훨씬 복잡하다. 일단 국가가 개입해서 시스템을 구축한 이상 위험을 줄이기 위한 (또는 회피하기 위한, 심지어 전가하기 위한) 모든 장치가 마련된다. 그리고 영화에서는 생모로부터 테오라는 이름을 받은 아이에게 좋은 부모를 찾아주기 위해 관련된 모든 사람들이 최선을 다한다.

"좋은 양부모 후보란 아무 고난도 안 겪거나 무난하고 순탄히 살아온 사람이 아니에요. 그런 사람은 없어요. 지뢰밭도 걷고 꽃밭도 걸어요. 우리가 궁금한 건 지뢰를 잘 제거해 왔냐는 것이죠." 그러나 부모의 자격을 누가 판단할까?

대체로 세상의 자격이란 일정한 시험을 통과해서 그 정도면 충분하다고 추정된 능력치를 시험 이후로도 꾸준히 발휘하는 데 그 취지가 있다. 운전면허증이 그렇고, 병아리 감별사 자격증도 그렇다. 그러니 자격 테스트를 거치지도 않은 채 하릴없이 나이를 먹다가 문득 어른이 되고(심지어 무럭무럭 자라서 꼰대가 되고),

아이가 태어나준 덕분에 부모가 되었더라도, 운전을 할 때마다 안전벨트를 매고 전방 주시 의무를 다하듯 어른다운 어른과 부모다운 부모가 되려면 부단히 자신을 단속하고 노력해야 한다.

테오는 어렵게 엄마를 만나지만, 어쩌면 모든 생명이 우리가 알지 못하는 우주의 시스템을 통해 그만큼 어려운 심사과정을 거쳐 가족이라는 인연으로 맺어지는 건지도 모른다. 어떤 시스템을 거치든, 부디 모두 사랑해줄 사람을 만나 행복하기를.

〈가족이 되기까지〉

Pupille, 2018

태어나자마자 생모와 이별한 테오와 입양을 간절히 원하는 알리스가 결국 한 가족이 되기까지의 과정을 거의 다큐멘터리에 가깝게 보여주지만 전혀 지루하지 않다. 생모와의 이별 때문에 충격을 받았다고밖에 볼 수 없는 테오의 신체 반응과 세월이 흐르면서 변하는 상황에 따라 달라지는 알리스의 입양 확률이 의외의(!) 긴장감을 안겨준다. 약간의 로맨스가 뜬금없는 양념처럼 추가되는데, 그것도 나쁠 건 없다. (병원과 사회복지센터와 입양기관의 담당자들이 상당히 많이 나오고 각자의 역할이 분분한 데다 시간의 흐름에 따라 모습이 달라지기 때문에 집중하고 봐야 한다.) 위탁 보호와 입양에 대해서 많은 생각을 하게 되는 따뜻한 작품이다.

감독 잔 에리

주연 상드린 키베르랭, 질 릴르슈, 엘로디 부셰즈, 올리비아 코트

*

착한 아이는 아니지만 도와주세요,
예수님. 정말 힘들어요.

〈나의 라임 오렌지 나무〉

슈퍼맨은 어디에?

어느 날 어느 우울한 인생이 술을 마시러 가는 길에 우울한 얼굴로 잠시 들렀다. 그 우울한 인생은 간간이 표정이 풀어질라치면 얼른 다잡아 우울 모드를 재정비하며 "인생에도 연고가 있으면 좋겠다"고 한숨을 섞어 말했다. 인생에도 연고는 있지 않겠냐는 내 말에 우울한 인생은 "사랑?"이냐고 되물었고, 나는 "사랑이거나 사람"이 아니겠냐고 입에서 나오는 대로 대답했다. 우울한 인생이 원한 건 오버더카운터의 레디메이드 연고였을까. 걱정할 일이 닥칠 때까지 걱정하지 않는다는 내게 "대책 없다"는 진단을 남기고 술을 마시러 떠난 그 우울한 인생은 날마다 흥에 겨워 술잔을 기울이면서도 대체 뭐가 그리 우울한지 알 수 없는 노릇이었으나, 연고를 주르륵 늘어놓고도 차마 우울할 수 있는 기회를 포기하지는 않을 것 같았다.

그리고 혼자 남은 나는 인생의 연고에 대해 잠시 생각에 잠겼다. 절대적이라고는 할 수 없지만 슬픔은 보다 구체적이고 우울은 안개처럼 모호하다. 슬픔은 자신이 지녔던 것의 직접적인 상실과 관련이 있고 우울은 자신이 가지지 못하는 것에 대한 상대적인 박탈감과 연결된다. 그래서 슬픔은 때로 힘이 될 수 있어도 우울은 그렇지 못하다. 우울한 인생이 우울한 이유는 거기에 있는지도 몰랐다.

하지만 사랑이 연고일까? 사람은, 연고일까? 어떤 상처에 얼마나 효과가 있는 연고일까? 그 연고에는 혹시 유통기한도 있을까? 그때 창밖에서는 다정한 미소를 띤 세 사람이 연신 고개를 끄덕이면서 무슨 얘긴가를 한참 나누고 있었다. 그중에서 내게 등을 돌리고 선 사람은 무척 순진하거나 아니면 너무 심심했음에 틀림없었다. 왜냐하면 뜨겁게 눈을 맞추며 다정하게 웃어주는 두 사람은 "도를 믿느냐"고 따라붙는 거리의 2인조였기 때문이다. 아니면 그에게는 그런 연고라도 필요했던 걸까?

크리스마스를 얼마 남겨놓지 않았을 때 그날도 아빠에게 맞아서 몸과 마음에 연고가 필요했던 아이는 성당으로 달려가 기도를 한다. "예수님은 가난했다면서요? 예수님 아빠는 일도 하고 안 때렸죠? 하지만 전 가난하고 나이도 어려요. 아빠는 실직한 지 오래됐고, 우린 아무것도 없어요. 제 안엔 악마가 있대요. 사람들이 그래요. 착한 아이는 아니지만 도와주세요, 예수님. 정말 힘들어요. 저랑 약속하실래요? 예수님이 제 동생에게 예쁜 성탄 선물을 주면 1년 내내 착한 아이가 될게요." 예수님의 아빠는 일을 하지 않고, 예수님은 일방적인 약속의 이행을 거부한다.

그리고 가난은 영혼을 잠식한다. 가난은 때론 폭력적이어서, 허물어진 영혼은 고열에 동반하는 환각처럼 폭력성을 드러낸다. 퍽퍽한 생활은 마음의 여유마저 차압하는지, 슬픔으로 병든 아빠의 영혼은 철없는 아들의 행동을 조금 유난스러운 말썽 정도로 여기지 못한다. 그저 조금 나무라고 넘어가지 못한다. 삶의 통제력을 가난에 빼앗긴 아빠는 자기 연민의 웅덩이에 빠져 허우적거리며 그 좌절감을 어디서든, 무엇으로든, 보상받으려 한다. 스스로가 너무 싫어질 때 어떤 사람은 자신조차 감당하지 못하는 괴물이 되고 언제나 더 약한 사람에게 분풀이를 한다. 가난이 싫은 아이는 아빠를 미워하며 그럴수록 더 엇나가고, 못난 아빠는 스스로가 미워서 아이에게 폭력을 휘두른다. 아빠의 마음은 지옥이 되고, 망가라치바 기차에 몸을 던지고 싶은 아이는 악마가 된다. 그리고 아빠를 죽인다. "마음으로요. 누군가를 미워하면 그 사람은 마음에서 죽어가죠." 먹먹함이 뭉게뭉게 피어나 기어이 가슴을 미어지게 만드는 이 아이들을 두고 슈퍼맨은 어느 부잣집의 거실에서 노닥거리고 있단 말인가.

동심이 떠나버린 빈자리를 바라보는 일은 슬프다. 더 이상 순수를 가장할 수도 없게 슬픔을 알아버린 유년의 뒷모습을 물끄러미 바라보는 마음은 먹먹하다. 너무 일찍 인생의 쓴맛을 경험한 아이의 좁은 어깨를 바라보고 있으면 문득 길을 잃은 듯한 황망함에 휩싸인다. 아이들이 떠나버린 놀이터에 혼자 남아 비를 맞는 것처럼 울적해진다. 그리고 비 내리는 놀이터에서는 언제나 연고가 필요했던 날들의 나를 만난다.

그러나 그런 건 누구에게나 있다. 제때 연고를 바르지 못해서 덧나버린 어떤 상처, 한참을 두었다가 다시 꺼내 봐도 여전히 안쓰러운 아픔, 오래전 어느 날의 어렸던 나에 대한 연민. 하지만 그런 건 불주사• 자국 같아서 드러낼 것도 비교할 것도 아니다. 어느 저녁에 술잔을 기울이다가 담배 연기에 눈에 매워져서 오래전에 아팠던 기억이 새삼 안쓰럽더라도, 꿀꺽 삼키고 소주로 입 헹굴 일이지. 불주사 맞았던 그 어슷비슷한

흉터를 드러내 보여주면 무엇 하리. 마음이 유난히 궂을 때면 해묵은 상처가 우리하게 욱신거리더라도 이제 와서 그걸 다시 들여다본들 무엇 하리. 차라리 누군가의 연고가 될 일이지. 누군가의 뽀르뚜가가 될 일이지.

• 불주사는 일회용 주사기 대신 유리 주삿바늘을 소독해서 재사용하느라 알코올 불에 소독하여 접종했던 아주 오래전의 관행인데, 불주사를 맞은 자리에는 독특한 자국이 남는다. 내 경우에는 수두 예방접종이었던 걸로 기억하고 있다. 오래된 사람.

〈나의 라임 오렌지 나무〉

Meu Pé de Laranja Lima, 2012

이 영화의 원작 소설은 무려 1968년에 처음 발표되었다. 저자인 J. M. 바스콘셀로스는 제제처럼 힘겨운 어린 시절을 보냈고 다양한 직업을 전전했던 경험도 작가의 밑거름이 되었다고 한다. 일단 소설이 전 세계 30여 개국에서 번역되어 수천만 부가 판매된 만큼 내용을 모르는 사람은 없겠지만, 불우한 환경 속에서 억울하게 구박을 받으면서도 씩씩하게 살아가는 주인공의 상상력과 그 아이를 도와주는 품 넓은 어른(또는 황소, 아니면 요정)의 우정이라는 주제는 우리의 마음 한구석에 영원히 남아 있는 슬픈 동심을 어루만져주는 최고의 연고다. 제제가 망가라치바 기차에 몸을 던지겠다고 말한 날 밤이 새도록 기찻길을 떠나지 못하는 뽀르뚜가는 감동적이고, 마지막 부분은 내용을 알고 봐도 너무 잔인해서 늘 가슴이 아프다.

감독 마르코스 번스테인
주연 후아오 기에메 아빌라, 호세 드 아브레우

✷

저 많은 사람들이
왜 지금 우리 집에 온 줄 알아?
내 가족이라는 사람들이
자기 자랑하려고 부른 거야.

〈수상한 가족〉

쇼윈도 가족의 모델하우스

인플루언서라는 말은 이제 낯설지 않다. 예전에는 공신력을 지닌 매체에서 잘 설계된 설문조사를 통해 각 분야의 파워 인물을 선정했다면 요즘 인플루언서는 팔로어나 구독자의 수로 자신이 지닌 영향력을 스스로 입증한다. 이를테면 고기를 먹어본 사람이 고기 맛을 안다는 그 단순한 논리에 따라 이들은 적극적이고 거리낌 없는 소비를 과시함으로써 소비의 전문가가 되어 인플루언서로 우뚝 선다. 시청률 높은 프로그램에 광고가 붙듯이 이들도 마케팅에 적극 활용된다.

이들이 먹고 입고 사용하는 것들은 구독자 수만큼의 파급력을 지닌다.

"이 프로그램은 간접광고 및 가상광고를 포함하고 있습니다." 요즘은 거의 모든 프로그램이 아예 이런 공지를 하고 시작한다. 제임스 본드의 자동차나 에단 헌트의 노트북은 맥락이라도 있고 주인공이 입고 걸치는 협찬은 설정이라도 그럴듯하지, 뜬금없는 광고가 실소를 유발하며 몰입을 방해하는 경우도 많다. 하지만 상관없다. 그래도 피피엘은 계속된다. 삼척동자가 알 만큼 노골적이라도 간접광고는 미세하게나마 결이 다르기 때문이다. 모르고 속고 알고도 속는 게 인간인지라 똑같이 세트를 짓고 콘티를 짜고 감독의 연출에 따라 촬영했지만, 드라마일지언정 실감나는 생활의 소품으로 사용된 피피엘은 조금이라도 더 리얼하게 다가온다.

한 단계 위에는 쇼윈도 부부와 가족이 있다. 몇 년 전부터 연예인들의 생활공간을 전시하고 그들의 생활을 중계하는 이른바 관찰 예능이 범람하기 시작했는데, 그런 프로그램에 광고와 협찬이 요소요소에 배치되는 건 두말할 나위가 없다. 혼자 살면 혼자 산다고, 자식이 있으면 자식을 앞세워서, 결혼을 했으면 배우자가, 안 했으면 어머니가, 반려견과 할머니, 하다 하다 매니저까지, 연예인과 그 주변 인물들이 먹고 마시고 놀고 자고 화장실 가는 모습을 그럴듯하게 편집해서 방송으로 내보낸다. 연예인의 가족은 새로운 직업군이 되었고, 그들은 간접광고를 발판으로 직접 광고를 찍기도 한다. 봄비를 맞으면서 충무로 걸어갈 때 쇼윈도 그라스에 눈물이 흐르는* 이유는 알 것도 같은데, 이들이 기꺼이 쇼윈도에 전시하는 생활에 얼마만큼의 진실이 담겨 있는지는 알 도리가 없다.

그런데 어느 날 동네에 심상찮은 가족이 등장했다. 완벽한 외모에 기름진 화술까지 겸비한 이들은 머리부터 발끝까지 최고급과 최첨단으로 치장해서 단박에 마을의 핫이슈가 되고, 이들이 먹고 입고 사용하는 모든 것은 순식간에 유행이 된다. 그동안 남부러울 게 없었을 뿐만 아니라 각자 나름대로 인플루언서였을 사람들도 이 가족들 앞에서는 한참 뒤처진 것 같아 불현듯 민망하고 마음이 조급해진다. 리얼리티의 단계에서 최고를 자랑하는 이들은 마케팅을 위해 거짓으로 가족 행세를 하는 사람들이다. 가장 진실하지 않은 가족이 가장 이상적이고 그럴듯해 보이는 놀라운 반전. 이들은 완벽한 가족으로 행세하기 위해 뜨거운 금슬을 과시하며 화목한 모습을 연출하는데, 현실성이 떨어지는 그런 모습에 사람들이 매료된다는 사실이야말로 마케팅이 현실을 잊게 만드는 판타지의 영역이라는 걸 말해준다. 어쩌면 사람들은 물건을 구입하면 이미지도, 생활의 스타일과 태도까지도 함께 배송될 거라는 환상을 품고 있는지도 모른다.

그래서 그들은 뚝딱뚝딱 모델하우스를 짓고 화려한 쇼윈도에 욕망의 이미지를 전시한다. 이미지는 현실을 미화하며 현실을 은폐한다. 이미지에 익숙해진 눈에 현실은 시시하다. 핀 조명을 받지 못하는 낡은 물건은 초라하다. 흠 없이 화사하고 그림자 없이 찬란하며 주름살 없이 매끈한 이미지는 현실을 거부함으로써 껍데기 안에 속살이 채워지는 것을 궁극적으로 방해한다. 그들의 모델하우스는 모니터 속에서 환하게 웃는 완벽한 가족들처럼 현실을 모사한 이미지들로만 매끈하게 꾸며져, 한시도 시시하지 않고 일 초도 초라하지 않고 어느 구석도 궁상맞을 일이 없다. 하지만 생활이 담기지 않은 모델하우스에는 냄새가 없고, 쇼윈도 앞에서 환상의 채널에 접속하게 해주는 성냥은 어느 순간 손가락에 작은 물집을 만들며 화들짝 꺼져 어둠 속에 빨간 점 하나를 찍고 사라진다.

욕망에 부대끼며 살다 보면 몸을 웅크리고 온기를 지켜야 하는 밤이 왜 없겠느냐마는, 생의 한기를 달래줄 안온한 담요를 꿈꾸는 밤이 어째서 없겠느냐마는. 남들이 하는 대로 따라 해야 안심이 되고 명품을 신분을 나타내는 일종의 증명서로 생각한다면 아주 사소한 바람에도 휘청이기 쉽다. 그러니 내면에 불을 지피고 자긍심의 뿌리를 내리는 게 중요할 테지만, 당장 지금을 잊고 싶은 마음 앞에서는 한가하거나 순진한 소리일 뿐이다.

● 전영, 〈서울 야곡〉: "봄비를 맞으면서 충무로 걸어갈 때 쇼윈도 그라스에 눈물이 흘렀다"

〈수상한 가족〉

The Joneses, 2009

근사한 엄마와 아빠, 그리고 요즘도 이런 말을 쓰는지 모르겠지만 이른바 엄친아인 아들과 딸. 화려한 집과 세련된 인테리어, 멋진 몸매를 감싼 온갖 명품들. 게다가 부부는 더없이 다정하고 가족은 화목하기까지. 부유한 동네로 이사를 가서 세상 어디에도 없을 완벽한 가족 행세를 하며 각종 물건을 판매하는 스텔스 마케팅 팀의 리더로 나오는 데미 무어는 〈사랑과 영혼〉, 〈G. I. 제인〉 등의 영화로 유명하고, 데이비드 듀코브니는 〈X-파일〉에 FBI 요원인 멀더로 출연해서 한때 많은 사랑을 받았던 배우다. 가짜 가족의 "뽐뿌질"로 진짜 가족이 위기에 처하자, 남자는 이 일에 회의를 느끼고 가족의 실체를 폭로한다. 그는 가짜의 옷을 벗고 진짜 가족을 이룰 수 있을까? 원제는 '존스네 가족'이라는 뜻인데, 가장 일반적이고 평범한 가족으로 위장했다는 뜻을 제목에 담고 있다.

감독 데릭 보트

주연 데미 무어, 데이비드 듀코브니, 앰버 허드, 벤 홀링스워스

4장 누구도 피할 수 없는 이별

*

계속 살아야 할 이유를 모르겠어.
앞으로 더 힘들어질 게 뻔하잖아.

〈아무르〉

꽃이 피면 같이 웃고 꽃이 지면 같이 울던

외출했다가 밤늦게 돌아왔더니 누군가 현관문을 따고 집에 침입하려 했던 흔적이 있다. 전문가의 솜씨로 보이지는 않는다. 아마도 좀도둑이라서 아무 집이나 되는 대로 노렸을 것 같기는 하지만, 그래도 혹시 자고 있는 동안 또 들어오면 어쩌지? 그 상상만으로도 조용하고 평온했던 일상에 균열이 생기고, 그 틈을 벌리며 불안이 먼저 침입한다. 불안한 마음은 익숙한 광경마저 무심히 지나치지 못하고 의심한다. 그러면 문득 모든 것이 묘하게 낯설어 보이면서 머릿속에 저장

된 기억이 자리를 옮겨 앉는다. 지금껏 굳건했던 스스로에 대한 믿음이 흔들린다. 불면의 밤에 신경은 불안으로 요동치고 가장 가늘고 약하고 사소한 신경줄 하나가 가중된 장력을 견디지 못하고 툭, 끊어진다.

의연한 척하지 말 걸 그랬다. 평생을 참 꿋꿋하게도 살았다. 힘들어도 내색하지 않으려 했고 어느 누구에게도 짐이 되지 않으려 했다. 어쩌면 그러지 말 걸 그랬다. 한 번씩 느슨하게 풀어줄 걸 그랬다. 불안을 속에 품고 겉으로 애써 아무렇지 않은 척할 때 긴장한 신경은 더 팽팽해진다. 저도 모르는 사이에 어느 구석에서 또 하나의 신경줄이 툭, 끊어진다. 우리는 누구나 가장 약한 고리만큼만 강하다.

그리고 모든 것은 시간 속에서 닳고 해진다. 강했던 것들도 차츰 약해진다. 세월의 풍화를 견딜 수 있는 건 없다. 흐르는 것은 어디에도 오래 담아둘 수 없다. 생로병사의 이치를 몰랐던 것도 아니건만 늙는 건 서글프고 죽음은 언제나 황망하다. 아직 도착하지 않은 슬픔에 대한 두려움은 우리를 불안하게 한다. 오고 있으니 대비하라는 폭풍의 예보처럼, 그 풍문을 전하기 위해 먼저 도착한 바람에 흔들리는 수면처럼, 존재를 근심으로 주름지게 한다. 하지만 결국은 이렇게 될 일이었다. 그걸 피해갔다는 사람에 대한 이야기는 들어보지 못했다. 결국은 어떤 대비도 소용없었다.

그래서 어느 순간 더 이상 나를 지탱하지 못하게 되었을 때. 굳어버린 육체에 갇혀 옴짝달싹 못 하게 되었을 때. 뒤엉킨 머릿속에서 자꾸만 길을 잃어버릴 때. 나 자신으로 살아갈 수 없고 내 힘으로 고통을 끝낼 수도 없을 때. 그때 인생의 마지막 사랑이 필요하다. 내가 잃어버린 나를 대신해서 내가 되어줄 사람. 내가 통제할 수 없게 된 몸을 움직여주고 내가 잃어버린 생각을 읽어줄 사람. 마지막까지 가까스로 나일 수 있게 도와줄 사람. 사랑이 아니고서는 할 수 없는 그런 것들을 해줄 사람이 필요하다.

그러나 어느 날, 누가 나를 그토록 사랑해줄 것인가. 누가 남아서 생의 마지막 싸움을 이어갈 수 있도록, 고통스런 싸움 속에서도 의미를 찾을 수 있도록,

더 이상 아무 의미가 없어진 싸움을 끝낼 수 있도록 도와줄 것인가. 고통 속에서도 삶을 이어가게 하는 사랑. 힘겨운 고통을 견디게 하는 사랑. 그러나 삶이 순전히 피폐한 싸움뿐이라면 그 싸움을 그만둘 수 있게 해주는 것도, 사랑.

이제 남편은 "아침이면 머리맡에 흔적 없이 빠진 머리칼이 쌓이듯" 생명이 우수수 빠져나가는 아내의 몸을 보살핀다. 하루하루 굳어가는 몸은 물론이고 들락날락하는 정신과 위축된 마음까지 보살핀다. 아무도 잘못한 게 없지만 서로에게 늘 미안해서 자신의 죄책감을 꺼내 보이며 확인시킨다. "서글프고 창피한 삶"을 엎질러진 물처럼 허둥지둥 쓸어 담는 나날이 계속된다.

그래도 남편은 꽤나 의연하게 버틴다. 크게 힘든 내색 없이 병든 아내의 곁을 지킨다. 먼 곳의 친지들은 아마도 안타까운 심정에 뭔가 더 나은 대책을 내놓으라고 따져 묻지만, 슬픔을 분리수거하듯 눈물을 흘리다 돌아가고 언제나 남는 건 부부뿐이다. 다른 사람들은 긴급 점검하듯 들이닥쳐 걱정과 우려를 쏟아내고는 편하게 (또는 불편하게) 자신들의 일상으로 복귀한다. 하지만 남편에게는 아내가 패퇴하고 있는 저 고단한 전쟁터가 일상이다. 이제 그에게 다른 삶은 없다. 툭, 툭. 그러는 사이에도 이따금씩 뭔가 끊어지는 소리가 들려온다.

아내가 아프다는 외마디 외침 말고는 더 이상 조리 있는 말을 할 수 없게 되었을 때, 남편은 어린 시절에 엄마와 약속했던 암호를 떠올린다. 불행한 곳에서 벗어나고 싶다는 뜻을 남들은 모르게 전하기로 했던 암호. 그리고 아내를 보내주기로 한다. 아내의 싸움을 끝내주기로 한다.

같이 지내던 방을 아내의 관으로 봉인하고 남편은 떠났다. 빈집에 슬픔을 남기고 불안은 사라졌다.

• 도종환, 〈접시꽃 당신〉: "아침이면 머리맡에 흔적 없이 빠진 머리칼이 쌓이듯/ 생명은 당신의 몸을 우수수 빠져나갑니다"

〈아무르〉

Amour, 2012

음악가 출신의 노부부인 조르주와 안느는 여전히 서로를 아끼고 사랑하며 평온한 하루하루를 보낸다. 그런데 음악회에 다녀온 다음 날, 안느가 이상 증세를 보이더니 성공률이 95퍼센트라는 수술이 잘못되어 몸이 마비되고 만다. 그리고 그때부터 몸이 굳어가는 아내와 그런 아내를 헌신적으로 돌보는 남편의 고단하고 애틋한 생활이 시작된다. 이 영화는 초반의 음악회 장면을 제외하면 두 사람의 집을 거의 떠나지 않는다. 건물의 복도가, 그것도 남편의 꿈속에서 잠깐 등장하는 정도다. 하지만 단조롭다는 느낌은 전혀 들지 않는다. 남편 역할의 장 루이 트레티냥은 이 영화를 찍을 당시에 여든두 살이었는데, 많은 사람이 제목만이라도 알고 있는 〈남과 여〉라는 작품의 주인공이었다. 피아니스트인 알렉상드르 타로가 안느의 제자인 세계적인 피아니스트 역할로 출연한다.

감독 미카엘 하네케

주연 장 루이 트레티냥, 엠마누엘 리바, 이자벨 위페르

다음 생에도
저희와 한 가족이 되고 싶으세요?

〈바라나시〉

가족이라는 인연의 무게

"유전무죄, 무전유죄." 벌써 삼십여 년 전의 일이다. 시인이 되는 게 꿈이었다는 어느 탈주범이 인질에게 총을 겨눈 채 그 집의 창살 사이로 짓이기듯 내뱉었던 이 말은 불공정한 세상의 서글픈 등식 하나를 너무나 간명하게 정리해서, 사람들은 경악한 와중에도 그에게 공감하지 않을 수 없었다. 아마도 부자일수록 더 굳게 확신할 것 같은 이 말은 굶주린 좀도둑은 근엄하게 꾸짖으며 에누리 없이 죗값을 치르게 하면서도 많이 배운 덕분에 크게 죄짓는 부자에게는 법조문의 맹점을 기필코 찾아서 적용해주는 판결이 나올 때마다 꾸준히 되새김질되고 있다. 심지어 몇 해 전에는 급기야 어느 판사가 회삿돈 수백억 원을 횡령하고 비자금을 조성한 혐의로 기소된 재벌 회장에게 집행유예를 선고하고는 "돈이 많은 사람은 돈으로 죗값을 치를 수 있다"고 툭 터놓고 말해서 한동안 화제가 되기도 했다.

어쩐지 조금 씁쓸해지면서 아무래도 착하게 사는 수밖에 없다는 소심하고 비굴한 생각이 드는 한편으로, 이런 옛날이야기가 문득 떠오른다.

옛날 어느 마을에 욕심 많은 부자가 살았는데 금은보화를 산더미처럼 쟁여두고도 속절없이 늙어가는 게 안타까웠는지 어느 날 종을 대동하고 서낭당 귀신을 찾아가 누구의 목숨 무게가 더 무거운지 달아봐달라고 부탁했단다. 제 딴엔 자기가 돈도 많고 지체도 높으니 목숨의 무게도 더 묵직할 거라고 생각했겠지만, 귀신은 저울이 어느 쪽으로도 기울어지지 않고 완전히 평평하다면서 목숨의 무게는 누구나 똑같다고 말했다. 의아한 부자는 목숨의 무게가 같다면 어째서 누구는 돈 많은 상전이 되고 누구는 그 밑에서 종살이를 하느냐고 따져 물었다. 서낭당 귀신은 돈이 많으면 목숨의 무게도 더 나간다고 생각하나 본데 그럼 어디 영감님 곳간에 가득한 재물로 목숨을 몇 근쯤 사서 저울에 올려놓아 보시라고 했다. 그러고는 업의 무게야 말로 사람마다 다르니 어디 그거나 한번 재보자고 했다. 그랬더니 착한 종이 쌓은 선업의 무게가 부자의 것보다 몇백 배는 더 나갔고, 그걸 본 귀신은 부자에게 이렇게 말했다. "지금까지는 전생의 선업으로 대강 살아오셨으나, 저세상에서는 종과 위치가 뒤바뀌겠구려."•

평생을 데면데면했던 아들은 아버지에게 다음 생에도 자신과 한 가족이 되고 싶으냐고 묻는다. 아들과 아버지는 마크 트웨인이 전설보다 오래된 도시라고 했다는 바라나시에 와서 아버지의 죽음을 기다리는 중이다. 힌두교도라면 일생에 한 번은 다녀간다는 대표적인 순례지인 이곳에서 아버지가 죽음을 준비하는 이유는 여기서만 해탈을 할 수 있다고 믿기 때문이다. 업을 모두 소멸하고 윤회의 고리에서 벗어나는 게 이들이 생각하는 해탈이다. 파도라고 생각했던 영혼은 생사의 굴레를 벗고 자유로워지면서 스스로 드넓은 바다라는 걸 깨닫게 된다.

그런데 아들이 보기엔 아버지가 아직 멀쩡하기만 하고 바라나시에 온 뒤로 오히려 더 활기가 넘친다. 그런데다가 왠지 자신이 저승사자라도 된 것 같아 영 마음이 편치 않다. 두고 온 일도 걱정이 돼서 얼른 집에 돌아가고 싶지만 그러려면 아버지가 돌아가셔야 한다. 이러지도 못하고 저러지도 못하는 딱한 아들은 속이 터진다. 어쩌다 말이 퉁명스럽게 나가기도 한다. 하지만 그렇게 서로에게 시간을 쏟고 온전히 집중하던 두 사람은 어느새 깊이 묻어뒀던 속내를 털어놓는다. 아무리 가족이라도 거리를 좁히고 시간을 들여야 제대로 이해할 수 있다. 말하지 않고도 마음을 주고받는 텔레파시는 연마하기 힘든 능력이다. 아버지는 아들에게 용서를 구하고, 둘은 화해한다.

옷깃만 스쳐도 인연이라는데, 그렇다면 가족은 대체 얼마나 무겁거나 아름다운 인연의 결과물인 걸까. 전생에 지은 어떤 업의 결과로 한 가족이 된 걸까? 선업의 결과일까? 혹시, 그 반대일까? 복잡하고 어지러운 듯해도 인과의 법칙은 질서정연하다. 어떤 사람들은 믿지 못하고 또 어떤 사람들은 믿고 싶지 않겠지만, 세상에 원인이 없는 결과는 없다. 그리고 인풋이 있으면 반드시 아웃풋이 있다. 그러니 세상의 법망은 혹시 빠져나갔더라도 인과의 그물은 그럴 수 없다. 내가 먹는 것이 나를 말해주듯이 내가 지은 업이 나를 만들고 내 우주를 구축한다. 현생에서 인과의 계산을 끝내지 못하고 전생과 내생을 끌어다가 이월해서 합을 맞추는 걸 정신승리쯤으로 여기는 사람도 있을지 모르지만, 업의 과보에는 무전유죄, 유전무죄가 없다. 곳간에 재물이 아무리 많아도 소용없다. 그러니 아무래도 가족에게 잘하면서 착하게 사는 수밖에 없다.

(결국은 정신승리인 걸까.)

• 박상륭의 《죽음의 한 연구》에 나오는 내용을 조금 간추려서 옮겨 적었다.

〈바라나시〉

Mukti Bhawan, 2016

삶에서 유일하게 확실한 건 죽음뿐이라고 자라투스트라는 말했다는데, 그래서 아버지는 매일 같은 꿈이 반복되자 그걸 죽음의 예지로 받아들이고는 담담한 마음으로 삶의 마지막을 준비한다. 아버지에게 그건 바라나시로 가야 한다는 뜻이다. 다른 가족들이 보기에는 아직 정정하기만 한데, 아버지는 이미 죽음을 기정사실로 받아들였고, 죽으러 간다는 아버지를 혼자 보낼 수 없어서 아들이 그 길에 동행한다. 그래서 도착한 곳이 바라나시의 호텔 샐베이션. 영화는 무겁거나 비장하지 않고, 그야말로 갠지스 강물이 흐르듯이 담담하게 그 과정을 그려낸다. 오히려 잔잔한 웃음을 안겨준다. 그리고 아버지는 직접 쓴 이런 부고를 남겨놓고 떠난다. "마음 가는 대로 행하라. 마음이 있는 곳이 진실. 나머지는 허상. 거울에 비친 부서진 허상을 보라. 마음에 귀 기울이고 마음이 있는 곳을 찾아라. 마음의 길로 자신을 인도하라. 마음 가는 대로 행하라. 그래야 마지막이 편할지니."

감독 슈브하쉬쉬 부티아니
주연 아딜 후세인, 랄리트 벨

5장 가족의 와해 혹은 화해

✷

어른이 되고 싶으면
누가 미안하다고 말할 때
사과를 받아들이고 상대방을
편하게 해줄 줄도 알아야 해.

〈크레이머 vs. 크레이머〉

서로의 신호를 수신하지 못하면

남자는 기가 막힌다. "그날도 저는 정신없이 바쁜 하루를 보냈습니다. 술 한잔하자는 상사의 청도 뿌리치고 제 딴엔 서둘러서 집에 돌아왔는데 아내의 표정이 심상치 않더군요. 다짜고짜 떠나겠다는 겁니다. 결혼할 때 가져왔던 돈도 인출했다나. 아침에 출근할 때까지도 별다른 낌새가 보이지 않았었는데, 대체 이게 무슨 날벼락이냐고요. 얘기라도 하면 좋으련만 제 손을 뿌리치고 막무가내로 떠났습니다. 일곱 살짜리 아들을 남겨놓고!"

여자는 어쩔 수가 없었다. "너무 불행했어요. 얘기를 하자고요? 남편의 얼굴을 제대로 본 게 언제였는지 기억도 나지 않아요. 집안일을 도맡아 하고 아이를 혼자 돌보는 일도 힘들었지만, 남편이 밖에서 잘 나갈수록 억울한 마음이 들었어요. 나도 성취감을 느끼고 싶은데, 이제 난 완전히 쓸모없는 존재가 되고 만 걸까? 세상에서 해야 할 일을 찾고 싶었고, 그러려면 집을 떠나야 했습니다. 아이 때문에 참아보려 했지만 더는 버틸 수 없었어요. 이러다간 어느 날 창문에서 뛰어내릴 것만 같았거든요. 일단은 저를 추스르는 게 먼저라고 생각했습니다."

남자는 그야말로 패닉이었다. "아이는 엄마를 찾지, 뭐가 어디에 있는지도 모르는데 아침밥을 먹이랴, 출근 준비하랴, 하루하루가 전쟁이었습니다. 그래도 안간힘을 다해 버텼더니 차츰 일상의 틀이 잡혀갔습니다. 물론 일에 지장이 없을 수는 없었죠. 아이가 감기에 걸려서 열이 펄펄 끓는 바람에 마감을 어긴 적도 있습니다. 어쨌거나 아이와 저는 최선을 다해 둘만의 생활을 꾸려갔습니다. 그런데 어느 날 아내가 나타났어요. 아이를 자기가 키워야겠다면서. 아니, 뒤도 안 보고 떠날 때는 언제고 이제 와서 양육권을 내놓으라니, 사람이 어쩌면 이렇게 이기적일 수 있죠?"

하지만 여자는 억울하다. "들어주는 사람 없이 혼자 비명을 지르는 것 같은 심정을 아시나요? 집을 떠나서야 도움을 받을 수 있었고, 안정을 되찾았습니다. 엄마의 역할도 중요하지만 엄마에게 다른 할 일도 있다는 걸 언젠가는 아이도 이해해줄 거라고 생각했어요. 아이를 두고 떠났던 죄책감은 평생 마음에 품고 살겠지만, 단 한순간도 아이를 사랑하지 않은 적은 없습니다. 남편이 1년 반 동안 혼자 아이를 돌봤다고 하는데, 그 이전에 5년 동안은 저 혼자 아이를 키운 것이나 마찬가지예요. 도저히 숨을 쉴 수가 없어서 떠났고, 이제 아이를 키울 수 있다는 자신감이 생겨서 돌아왔을 뿐인데 그걸 이기적이라고 매도할 수 있나요?"•

처음에는 무슨 얘기를 해도 잘 통했다. 내가 한 마디를 꺼내면 그 사람이 다음 말을 받아서 문장을 함께 완성할 수 있었다. 얼굴에서 미소가 떠나지 않았다. 이제야 내 짝을 만난 기분이었고, 이 사람이라면 함께 늙어갈 수 있을 거라는 확신이 들었다. 사람들은 그렇게 결혼을 결심하고 모두의 축복 속에 가족이 된다.

그러다가 어느 순간 일곱 겹 매트리스 밑의 완두콩처럼 등에 배기는 것들이 하나둘씩 생겨난다. 하지만 그런 걸 가지고는 아무리 힘들다고 말해봐야 예민하다는 소리나 들을 뿐이다. 결혼처럼 인생에서 중요한 선택을 했을 때 그 결과가 만족스럽기를 바라는 마음은 그것이 만족스러워야만 한다는 당위로 바뀐다. 카펫 밑으로 먼지를 쓸어 넣고 사소한 불만을 속으로 삭인다. 나만 참으면 집안이 조용하니까. 물론 세상을 향해 지어 보였던 행복한 표정이 모두 거짓이었던 건 아니다. 실제로 그렇게 믿었다. 스스로에게 최면을 걸었다. 그러나 지푸라기 하나가 낙타를 주저앉히듯, 어느 날 티끌처럼 사소한 무게가 기어이 첫 번째 도미노를 쓰러트린다.

봇물이 터지고 회의가 밀려든다. 내가 결혼했던 사람은 어디로 사라진 걸까? 나는, 어디로 사라진 걸까?

둘이 만나 이루었던 가족이 해체된다. 물리적 결합이라면 깔끔하게 갈라설 수 있지만, 아이가 있을 때는 그러기 힘들다. 입장이 대립하고 다툼의 여지라는 게 발생한다. 일방에게 확실한 귀책사유가 있지 않은 한, 서로 피멍이 들 때까지 잽을 날리는 난타전이 시작된다. 법정까지 간 이상 상대의 약점을 찾아내서 입을 틀어막아야 한다. 한때 가족이었던 사람들이 적이 되고 원수가 된다.

그래도 남자는 힘들었을 아내의 생활을 이해하고 반성한다. 무엇보다 아이에게는 절대로 엄마에 대해 나쁜 말을 하지 않는다. 그리고 여자는 결혼이 그랬듯이 아이를 키우는 것도 사랑한다는 마음만으로는 부족하다는 걸 깨닫고 물러선다. 여자는 홀로 섰고, 남자는 성장했다. 누구나 이렇게 운이 좋은 것은 아니다.

• 본문에서 남자와 여자가 주고받는 대화는 영화 내용을 바탕으로 새롭게 구성한 것이다.

<크레이머 대 크레이머>

Kramer vs. Kramer, 1979

무려 1979년에 나온 이 영화에는 지금까지도 왕성한 활동을 펼치고 있는 더스틴 호프먼과 메릴 스트립이 어린 아들을 둔 젊은 부부로 나온다. (다른 건 크게 걸리는 게 없는데 더스틴 호프먼의 바지가 이게 오래된 영화라는 사실을 계속 일깨워준다.) 전통적인 가정이 붕괴되고 고착된 성 역할이 흔들리던 시대에 제기된 여러 가지 이슈를 양육권 분쟁이라는 문제에 담아낸 수작으로, 에이버리 코먼이라는 작가의 동명 소설이 원작이다. 1979년 아카데미에서 더스틴 호프먼이 남우주연상, 메릴 스트립이 여우조연상을 수상했다.

감독 로버트 벤튼
주연 더스틴 호프먼, 메릴 스트립

✷

제가 부모를 고소했어요.
나를 태어나게 해서요.

〈가버나움〉

세상이 개똥같을 때, 신발보다 더 더러울 때

이른 아침이었다. 나는 낯선 도시의 이야기를 읽고 있었다. 문득 고개를 들었을 때 버스는 횡단보도 앞에 멈췄고 초보운전이 당당한 덩치 큰 지프 너머로 나비 한 마리가 날아가고 있었다. 징검다리 휴일을 맞아 도심은 한산한데, 어디서 날아왔는지, 나비 혼자 팔랑팔랑 길을 건너고 있었다. 차들은 다시 거침없이 내달리기 시작했다. 질주하는 속도가 일으키는 바람에 종잇조각처럼 몸을 풀썩이며, 나비는 내려앉을 곳도 없는 10차선 도로를 나풀나풀 건너갔다. 갑자기 그 나비가 무사히 길을 건너는 건 무척 중요한 일처럼 느껴졌다. 어쩐지 거기에 세상의 희망이 걸린 것만 같았다. 나비는 위태로워서 문득 간절한 희망의 상징이 되었지만, 아지랑이 본 듯 지나치며 건네는 응원은 부질없었다. 나비의 하얀 날갯짓이 강렬한 빛의 잔상처럼 눈꺼풀에 남았어도, 그뿐이었다.

감정이입이 지나치면 세상살이가 피곤하다. 그래서는 이 세상을 새털처럼 가볍게 살아갈 수 없다. 흔들리는 세상의 무게중심이 되는 건 그런 사람들일지 몰라도 공감을 남발하는 마음은 자주 눅눅하고 더부룩하다. 쉽게 흐르는 눈물은 종종 싸구려로 매도되며 연민이 앞선 나머지 구조적인 모순을 읽어내지 못한다는 지적이나 듣는다. 철없는 정의감도 마찬가지다. 그런다고 세상이 바뀌는 줄 아느냐는 타박이 쏟아진다. 공연히 남의 일에 나섰다가는 자칫 인생이 고달파진다. 이리저리 불려 다니다 보면 후회 섞인 짜증이 치민다. 그래서 우리는 그냥 가던 길을 간다. 불의한 상황을 목격하더라도 화질 좋은 카메라로 동영상이나 찍어 올리는 게 고작이다. 불편한 것들을 외면하고 우리는 별일 없이 살아간다.

하지만 우리가 유지하는 알량한 평온함의 그늘에서, 우리가 외면하며 고개 돌리는 저 비탈진 구석에서, 어른들이 만들어놓은 구조적인 모순 속에서 아직 죄짓지 않은 아이들이 죄 없이 울고 있다. 불빛이 화려할수록 더 짙어지는 어둠 속에서 아이가 혼자 울고 있다.

그리고 여기 한 아이가 있다. 한눈에 보기에도 뼈가 앙상하고 체구가 작은데 정확한 나이는 아무도 모른다. 부모는 아이의 출생신고를 한 적이 없고, 언제 태어났는지 날짜도 기억하지 못한다. 잘못을 저지르고 소년원에 들어가서야 말의 입을 들여다보듯 이를 살펴본 의사가 열두 살쯤 된 것 같다고 추정해주었을 뿐이다. 주렁주렁 낳아놓은 아이들을 학교에 보내지도 않고 거리로 내몰아 돈을 벌어오게 하면서도 부모는 계속해서 자식을 낳는다.

그들에게 자식은 생기면 낳는 것이고 그렇게 태어난 자식은 부모의 소유물이다. 초경을 갓 시작한 어린 딸을 돈 많은 신랑에게 팔아넘겼다가 작은 몸으로 임신을 감당할 수 없었던 딸이 죽은 뒤에도 부모는 또 애를 갖는다. 심지어 신을 들먹이며 "신은 하나를 가져가면 하나를 돌려준다"고 말한다. 그들의 신은 태평한 걸까, 무정한 걸까.

아이는 자라서 좋은 사람이 되고 싶었다. 존중받고 사랑받고 싶었다. "하지만 신은 그걸 바라지 않아요. 우리가 바닥에서 짓밟히길 바라죠." 그래서 아이는 하나를 고통스럽게 앗아가더니 똑같은 고통 속으로 하나를 되돌려주는 신의 심판을 기다리지 않고 인간의 법정에 부모를 세웠다. 아이는 자신을 태어나게 했다는 이유로 부모를 고소했다. 지옥 같은 세상에서 뒹굴던 아이는 부모가 더는 자식을 낳지 못하게 해달라고 요구했다.

물론 아이의 부모에게도 할 말이 없는 건 아니다. 아버지는 자신도 그렇게 나서 자랐을 뿐이며 부모를 잘 만났으면 다르게 살았을 거라고 항변하고, 엄마는 죽을힘을 다해 살아온 자신을 비난할 수 있는 사람은 아무도 없다고 울부짖는다. 슬픔과 고통이 가득한 세상에는 크고 작은 죄가 난무하고 결국 이렇게 된 것은 이렇게 될 수밖에 없었던 일이라고[*] 어느 시인은 말했지만, 그렇다고 해서 모두 정상참작이 되는 건 아니다. 모든 피해자가 가해자가 되는 건 아니다. 그러나 그러기 위해선 방관하지 않는 사람들이 필요하다. 외면하지 않는 사람들이 필요하다.

세상은 이미 어디서부터 손을 대야 할지 알 수 없을 정도로 망가진 것 같기도 하다. 가난의 대물림과 슬픔의 유전은 구조적인 문제여서 부모를 고소하는 것으로는 해결할 수 없으며, 세상에는 혁명 정도는 되어야 고칠 수 있는 문제도 있을 것이다. 하지만 때로는 일단 할 수 있는 것들을 하면서, 조금이라도 고쳐보면서, 나비의 날갯짓에 희망을 걸어봐야 한다. 그 날갯

짓이 언젠가 일으킬 폭풍을 기다려봐야 한다. 10차선 대로를 건너가는 나비가 할 수 있는 건 바람을 일으키며 계속 날아가는 것뿐이다.

• 심보선, 〈슬픔이 없는 십오 초〉: "누구나 잘 안다 이렇게 된 것은/ 이렇게 될 수밖에 없었던 것이다"

〈가버나움〉

Capernaum, 2018

자인은 부모가 여동생을 나이 많은 남자의 신부로 팔아버리자 집을 나갔다가 우연히 만난 라힐의 집에서 지내게 되는데, 불법체류자인 라힐이 체포된 후에도 그 사실조차 모른 채 그녀의 어린 아기를 끝까지 최선을 다해 보살핀다. 뼈가 앙상한 소년이 이제 막 걸음마를 시작한 아기에게 설탕을 묻힌 얼음을 빨아먹게 하는 모습은 기특하면서도 너무 안쓰러워서 고통스럽다. 레바논의 수도인 베이루트의 빈민가를 배경으로 한 이 영화는 등장인물들을 거리에서 캐스팅한 것으로도 화제가 되었다. 주인공인 자인을 연기한 소년은 생계를 위해 거리에서 여러 가지 일을 전전하던 시리아 난민으로 베이루트에서 캐스팅되었고, 이 영화가 칸 영화제에 초청된 후에는 유엔난민기구의 도움으로 가족들과 함께 노르웨이에 정착했다. 그리고 제작진은 영화에 출연한 여러 아이들과 그 가족들에게 지속적인 도움을 주기 위해 '가버나움 재단'을 설립했다고 한다.

감독 나딘 라바키

주연 자인 알 라피아, 요르다노스 시프로우

장남 타령 좀 그만하세요.

〈이장〉

주워 담지 못한 말들과 부치지 않은 편지

"과자를 먹으라굽쇼? 아, 왜 그 생각을 미처 못 했을까요? 탁월하신 의견, 감사합니다." 사람들은 이렇게 쿨할 수가 없어서 폭동을 마치고 집으로 돌아갔을 때 아마 두 배는 더 허기지고 고달팠을 것이다. 물론, 누명이라는 주장도 있다. 아예 그런 말을 한 적이 없다고 발뺌을 하는가 하면, 먹을 빵이 없어 폭동을 일으킨 사람들에게 그녀가 먹으라고 했다는 과자는 계란과 버터가 많이 들어가서 부드럽고 풍미가 짙은 브리오슈였다는 소명자료도 있다. 철이 없고 생각이 부족했을 뿐 결코 나쁜 뜻은 아니었다는 옹호론도 나온다. 그래, 이제 와서 생각해보면 어이가 없어서 힘이 빠지는, 분노보다는 차라리 조롱을 유발하는 죄목이기도 하다. 그러나 빵 한 조각이 없어 배를 주리는 수많은 사람들 옆에서 맛있는 빵과 케이크와 브리오슈까지 물리게 먹어치우며 "저 불쌍한 사람들이 빵이 없어 굶주린다니 이 과자를 좀 먹으라"고 했다는 따뜻한 마음씨에 미모까지 겸비한 그녀를, 허기지고 고달픈 몸을 이끌고 기어이 폭동을 일으킬 수밖에 없었던 사람들이 이해할 수 있었을까? 그 사람들한테 애가 아직 철이 없어서 그렇지 본성은 나쁘지 않다고 말할 수 있었을까?

그러니 생각을 하면서 살아야 한다. 생각하는 대로 살지 않으면 사는 대로 생각하게 된다고 하지 않던가. 그리고 말은 되도록 머리를 거쳐서 나오는 것이 바람직하다. 콩고물조차 마지못해 조금 떼어주고는 사실은 나도 떡을 그렇게 좋아하지 않는다거나, 떡을 먹는 게 얼마나 목이 메는 일인지 안 먹어본 사람은 그 고통을 모른다거나, 나도 다 겪어봤는데 기왕에 그렇게 됐으니 헝그리 정신을 발휘해보라는 말 같은 건 하지 말아야 한다. 이제부터 떡을 공정하게 나누자는 건 기존에 떡을 독점하던 사람들에게 역차별이 될 수 있다는, 말 같지 않은 말은 하지 말아야 한다. 하지만 습관은 버리기 힘들고, 뭐든 전통이라는 이름으로 굳어진 관습을 타파하기란 여간 어렵지 않다. 우물 밑바닥에 주저앉은 채로는 세계관을 확장하기 힘들다.

그리고 많은 사람들이 별 문제의식 없이 시류를 따른다. 그 세월들이 쌓여 불문율이 되고, 생활의 구석구석을 규제하는 법제도의 근간이 된다. 차별을 받고 피해를 입은 사람들이 어쩌다 뭔가 잘못됐다는 생각을 하더라도, 사회의 분란을 조장하는 목소리는 즉시 제압된다. 모난 돌들은 정을 맞고 꾸역꾸역 제도의 틀에 생각을 맞추며 살아간다.

하지만 결국은 사회도 조금씩 성장한다. 기존의 낡은 옷이 어느 순간 맞지 않는다. 목마른 사람들이 우물을 파고, 답답한 사람들이 변화의 목소리를 낸다.

만약 이때 모두가 제도의 피해자라고 말하는 사람이 있다면 그자가 범인이다. 그건 변화에 저항하며 문제 제기의 초점을 흐리려는 수작이다. 그 제도 안에서 빵과 케이크와 브리오슈를 먹느라 배탈이나 나고 화려한 보석이 박힌 장신구의 무게나 견뎠던 순진무구한 사람과 그 제도 때문에 기회를 잃어서 꿈을 펼치지 못하고 악전고투했던 사람이 같을 수는 없다. 비록 자신의 의지는 아니었더라도 시대에 업혀 부당한 지위를 누렸다면, 그 시대의 막을 내리는 데 동참하는 것이 옳다. 고루한 시대에 속한 그릇된 신념들은 시대와 함께 결별하는 것이 옳다. 그래야 너나없이 피해자라는 주장이 그나마 힘을 얻을 수 있다.

다섯 남매의 아버지는 백골이 되어서도 장남이 올리는 잔을 받지 못해 아쉬웠을까? 딸을 넷이나 낳은 끝에 간신히 얻은 귀한 아들이 드센 누나들 사이에서

기를 못 펴고 주눅 들어 있는 모습이 안타까웠을까? 아버지가 마당에 꽃이 피었다는 메시지를 딸들에게 써놓고도 전송 버튼을 끝내 누르지 못했던 이유는 아마 내뱉지 말았어야 했던 수많은 말들의 기억이 스스로도 민망했기 때문일 것이다. 평생을 끌어안고 살았던 신줏단지 속에 사실은 아무것도 들어있지 않다는 걸 아버지도 언젠가부터 의심했을지 모른다. 그러니 지금까지 쭉 그래왔다는 이유 말고는 아무 의미도 없는데 그로 인해 누군가 어떤 식으로든 억울한 불이익을 당하는 관행이라면 더 일찍 내버렸어야 했다. 그러면 모두가 그만큼 일찍 서로를 이해할 수 있었을지도 모른다. 꽃을 보며 함께 웃을 수 있었을지도 모른다. 그리고 어쩌면 아들도 더 당당하게 아버지의 역할을 맡았을지도 모른다.

뿔뿔이 흩어져서 안부도 거의 묻지 않고 지내다가 아버지의 이장 때문에 한자리에 모인 남매들은 정색하고 화를 내기에도 조금 애매해서 서로 빈정이나 상하는 그런 관계가 되었다. 제대로 표현하는 법을 배우지 못해 빽 하고 소리나 질러버리는 어린 청개구리들처럼 주워 담지 못할 말들을 툭툭 내뱉지만, 죽은 아버지는 다음 기일에도 이들을 다시 불러 모을 것이다. 어쩌면 그때는 여전히 툴툴대면서도 너나없이 책임을 나눠지고, 사는 이야기들을 조금 나누다가 헤어질 것이다. 그리고 어쩌면 아버지도 홍동백서 조율이시로 각 맞춰 차린 제사상보다 그 모습이 더 흐뭇할 것이다. 아니어도 할 수 없고.

〈이장〉

2019

이 영화에는 큰아버지를 제외하고 세 명의 아버지가 더 존재하는데 그들은 모두 부재한다. 일단 이장 때문에 다섯 남매를 한자리에 모이게 만든 아버지는 이미 백골이 되었고, 장녀는 아마도 이혼했거나 별거했는데 그 사실을 아들에게 알리지 않은 채 외국에 나갔다고 둘러댔는지 말썽꾸러기 아들은 "아빠 얼굴이 생각나지 않는다"고 말한다. 그리고 이 집의 장남이자 외동아들은 여자친구를 임신시켜놓고 잠수를 탔지만, 여자친구에게 수술 비용과 위자료를 요구받는 처지라 아버지가 되기도 전에 그 지위를 잃을 판이다. (둘째 딸의 남편도 누군가의 아버지라면 그는 바람을 피우고 있는 것 같다.) 여러 각도에서 아버지 없이 아버지에 대해 생각해보게 만드는 탁월한 설정이라는 생각이 든다. 무엇보다 차 안에서 네 자매가 주고받는 달콤살벌한 대사가 무척 재미있어서, 이걸 네 자매의 로드무비로 볼 수 있을 정도다.

감독 정승오

주연 장리우, 이선희, 공민정, 윤금선아, 곽민규

*

인생에 방귀 쿠션 장난말고
다른 계획이 있나요?

〈토니 에드만〉

흐르는 것이 어디 사람뿐이랴

낭만으로 연대하던 때가 있었다. 고된 현실 속에서도 미래를 낙관하던 시절이었다. 사람들은 기꺼이 불의에 저항하며 더 나은 미래를 꿈꿨다. 광장에서 만난 사람들은 한마음으로 정의와 평등을 노래하고 구호를 외쳤다. 나란한 어깨는 든든했고, 맞잡은 손의 온기는 따뜻했다. 모두가 하나 되어 같은 미래를 꿈꾼다는 사실이 눈물겨웠다. 하늘에서 펄럭이며 아우성치는 깃발은 감격스러웠다. 그렇게 함께 있는 것만으로도 머잖아 좋은 세상이 올 것 같았다. 김빠진 맥주를 앞에

놓고 밤이 새도록 열정을 토하며 찬란한 미래를 이야기했다. 그러나 이들이 꿈꾸던 세상은 끝내 오지 않았다. 기다리다 지친 사람들이 하나둘씩 떠나갔다. 동지는 흩어지고 초라한 현실만이 그대로 남았다. 세상은 철옹성처럼 굳건했다. 사람들은 흘러갔고, 그들의 시대도 거기 묻혀 함께 흘러갔다.

어떤 사람들이 약삭빠르게 새로운 질서를 받아들이고 적응하는 동안 순진한 낭만주의자들은 차츰 뒤로 밀려났다. 괴리된 두 세계 사이에서 어리둥절해진 그들은 마음을 아예 닫아걸거나, 아니면 얼렁뚱땅 눙치며 한 시절을 살아냈다. 쏟아져 나오는 새로운 말들을 알아들을 수 없었지만, 모른다는 걸 들키지 않으려고 동문서답하듯 흘러가는 대화를 농담으로 덮었다. 두려울수록 발톱을 세우는 짐승처럼 고약하게 화를 내며 위악을 떠는 사람이 있는가 하면, 웃음으로 상황을 모면하려는 사람도 있었다. 말 한마디 붙여볼 수 없게 심술궂은 표정도 싱겁게 늘어놓는 농담도, 어쩌면 시대를 잃어버린 사람들에게는 모두 가난한 갑옷이거나 뭉툭한 창이었다.

그렇게 어영부영 세월이 흘렀지만 다른 사람들이 변절하는 것을 보고도, 많은 사람들이 좌절하는 것을 보고도 자신이 완전히 무가치한 존재가 되었다는 사실만은 받아들일 수 없었다. 어쨌거나 이들은 낙천적이던 시대에 속한 사람들이었다. 그러나 욕망과 그 욕망을 실현할 수 없는 능력, 꿈과 그 꿈을 이룰 수 없는 현실의 괴리에서 나오는 절망은 어쩔 수 없었다. 이들의 마음도 둘로 나뉜 세계의 거리만큼 분리되었고, 주변 사람들은 그들의 변덕스러운 장단에 맞추는 걸 점점 힘겨워했다.

그래서 어떤 아버지들은 절망에 굽어진 어깨로 억지를 부리거나 힘없이 웃었다. 자신들의 시대를 잃어버린 그들은 길 잃은 아이처럼 떼쓰며 울고 싶은 마음을 그렇게 숨겼다. 그리고 때로는 직장을 잃었고, 어떤 가족들은 해체되었다. 아내가 떠나고 자식들은 멀어졌다.

그래서 이 아버지와 딸도 전혀 다른 세계에서 살아간다. 아버지는 효율적으로 매끈하게 굴러가는 세상에 자꾸 딴지를 건다. 물건을 건네주고 서둘러 떠나야 하는 택배 기사를 붙들고 실없는 장난을 친다. 웃음이 비효율적이고 비생산적이 되어버린 세상의 룰을 받아들이지 않는다. 딸은 오랜만에 만나서도 전화 통화를 하는 시늉을 하며 대화를 꺼린다. 새로운 세상의 틀 속에서 바쁘게 살아가며 승승장구한다는데 표정이 밝지 않다. 딸은 잘 살고 있는 걸까? 딸을 붙잡고 행복하냐고 물어보지만 딸에게 인생의 의미나 행복 같은 말은 너무 거창하다. 딸은 그저 목표를 향해 전진할 뿐이고, 그 과정에서 필연적으로 발생하는 스트레스는 술이나 상담, 아니면 마약이나 섹스, 어떤 방식으로든 해소하며 살아간다.

유일하게 곁을 지켜주던 늙은 개를 떠나보낸 아버지는 외국에 사는 딸을 불쑥 찾아간다. 그러고는 장난기 많은 아버지인 것도 모자라 토니 에드만이라는 이른바 "부캐"를 만들어서 딸을 자꾸만 곤혹스러운 상황 속으로 밀어 넣는다. 두 세계는 충돌하고 그 틈바구니에서 어쩌면 딸의 울타리가 조금은 허물어진다. 행복이며 인생의 의미를 물어오는 뜬금없는 질문에 머리가 혼란스러워졌는지도 모른다. 누구에게도 도움이 안 된다고 생각했던 아버지의 낙천적인 태도가 어쩌면 생활의 무게를 조금 가볍게 만들어준다고 느꼈을지도 모른다. 두 세계는 잠시 화해한다. 딸은 아버지의 토니 에드만 틀니를 끼고 껄렁하게 한 번 웃어주지만 순간을 붙잡아둘 수는 없고, 깨달음은 언제나 뒤통수를 치면서 온다.

인생의 가장 아름다웠던 시기는 마른 꽃처럼 퇴색하며 바스러진다. 그 시절을 그리워하는 건 이제 와서 떠올려보는 청춘의 문장처럼, 마른 꽃의 향기를 맡는 것처럼 부질없다. 그러나 비록 꽃처럼 피지는 못했더라도 꽃처럼 지지는 못하더라도, 한때의 찬란했던 기억들은 마른 꽃처럼 세월을 견디고 우리는 그것으로 인생을 견딘다.

• 정태춘, 〈92, 장마 종로에서〉: "비에 젖은 이 거리 위로 사람들이 그저 흘러간다/ 흐르는 것이 어디 사람뿐이냐 우리들의 한 시대도 거기 묻혀 흘러간다"

〈토니 에드만〉

Toni Erdmann, 2016

줄잡아 말해도 대략 난감한 아버지의 농담을 이해하고 그 진심과 화해하려면 꼬박 두 시간이 필요하다. 하지만 아버지는 왜 토니 에드만이 되어야 했을까? 거기서 더 나아가 딸의 생일 파티에는 왜 불가리아의 털북숭이 전통 탈까지 뒤집어쓰고 나타난 걸까? 모든 거추장스러운 것들을 다 벗어던진 딸과 온몸을 털로 뒤덮은 아버지의 태세 전환은 절묘하다. 아무도 믿어주지 않을 행색으로 독일 대사 행세를 하며 남의 파티에 쳐들어간 것도 모자라 자신은 피아노를 치고 딸에게 노래를 부르라고 하는 장면이 있는데, 그때 딸이 부르는 '더 그레이티스트 러브 오브 올'이 압권이다. 아슬아슬하고 조마조마한 아버지의 농담처럼 '삑사리'의 경계를 넘을 듯 넘지 않으며 열창하는 그 모습을 보면 웃음이 터지면서도 어쩐지 울고 싶어진다. 어쩌면 이제 모두에게 "부캐"가 필요한 시대가 되었는지 모른다는 생각이 든다.

감독 마렌 아데

주연 페테르 시모니슈에크, 산드라 휠러

한 줄도 좋다, 가족 영화

품에 안으면 따뜻하고 눈물겨운

초판 1쇄 발행 2020년 9월 15일

지은이 강수정
발행편집 유지희
디자인 송윤형
제작 제이오

펴낸곳 테오리아
출판등록 2013년 6월 28일 제25100-2015-000033호
주소 03709 서울특별시 서대문구 수색로 100, 113-2902
전화 02-3144-7827 팩스 0303-3444-7827
전자우편 theoriabooks@gmail.com

ISBN 979-11-87789-30-7 03810

• 이 도서의 국립중앙도서관 출판예정도서목록(CIP)은 서지정보유통지원시스템 홈페이지(http://seoji.nl.go.kr)와 국가자료종합목록 구축시스템(http://kolis-net.nl.go.kr)에서 이용하실 수 있습니다. (CIP제어번호:CIP2020037166)